다만 꺼한 날들을 위해

ⓘ 袁 横

저무는 2020,
권여선

반갑습니다.
즐겁게 읽어주시길!

2020년 가을   박솔뫼

ㅎㄴㅇㅎ

들어본 이야기

구병모
권여선
듀나
박솔뫼
한유주
소설집

들어본 이야기

삐창비
Media Changbi

소여

구
병
모

솟아오른 발끝에 매달렸다 부서지는 섬광으로 사람들의 시
선이 모인다. 중력이 발목을 잡아채려 그악스러운 손을 뻗어
보나 줄 위에서 헛돌다 미끄러지며, 두 개의 발이 도약과 상
승과 하강을 지나 쇠줄에 무사히 내려앉았다가 퉁겨 오르기
를 거듭할 때마다 터져 나오는 두려움과 기대와 안도의 도착
적인 혼효가 천막 안을 채운다. 그러나 전문가의 눈에는 보인
다. 그 연기가 그전 식구들에 비해 기술도 단순하며 기교 또
한 부족하다는 것이. 한 개의 줄 위에서 한 명의 곡예사가 균

형을 잡아 나아가는 것이 공연의 대부분이라니 그토록 하품 날 수가.

예를 들면 세 명, 최소 두 명의 곡예사가 줄의 양 끝에서부터 서로를 향해 다가가는 연기를 펼쳤을 때는 얘기가 조금 달랐다. 미풍을 타는 나비가 제 날개로 허공에 곡선을 그리듯 나아가다 중앙에서 마주친 두 사람이 서로의 어깨를 스쳐 가며 위치를 바꾸면서도 그 움직임에 조금의 흔들림도 없었다. 음악이 절정의 문턱을 넘는 순간 하나가 다른 하나를 어깨에 태우고 춤을 추는데, 둘이 한 몸이 된 채 동료의 하중을 어깨로 버티어내는 자가 발끝에 온 혼을 실어 한 발로 줄 위에서 10회전을 할 때면—간혹 몸살감기에 걸렸거나 피로할 때는 7, 8회전에 그칠 때도 있으나 그 빠른 속도의 회전수를 일일이 세어보는 이들은 많지 않았다—박수와 환호는 조금만 더, 한 바퀴만 더! 부추기듯이 높아졌다. 여기까지가 동작의 아름다움에 치중한, 예술적인 측면을 강조한 공연이라면 다른 레퍼토리는 줄 위에서 외발자전거를 타는 것으로 기술적인 어려움을 과시하는 데 초점을 맞추었다. 이때 페달을 밟아나가는 한 사람의 어깨에는 다른 한 사람이 올라타 있었다. 핸들도 없이 페달을 밟아나가던 이가 그대로 뒷바퀴를 박차고 솟구쳐 올라 자전거와 한 몸이 된 채로 한 바퀴를 돈 다음 다시 줄 위에 바퀴를 착지시키면, 회전 타이밍에 맞추어 그 어깨에서 떨어져 나간 이는 줄 위에 발을 안착시켜서 양자가 유기적인 연기를 이어나가는 식이었다. 타이밍이 무엇보다 중요하다. 줄을 긁는 고무바퀴의 진동에 촉각을 곤두세우며, 서로가 반복하는 호흡의 윤곽을 어루만지는 일, 서로의 심연에 발을 들여놓는 일이다. 조금의 과장도 없이 호흡 한 번을 놓치면 줄 위에서의 삶은 끝장이라는 걸, 올라간 자는 알고 있다. 그럼에도 무결점을 추구하는 동시에 끝장에의 가능성을 언제나 열어두는 것이 쇼의 본질이자 즐거움의 원천이다.

그럴 수밖에 없는 것이, 사람들은 몸을 보러 온다. 휘어진 몸, 꺾인 몸, 늘어난 몸, 쪼그라든 몸, 회전하는 몸, 날아다니는 몸, 반복하는 몸, 변주하는 몸, 한계를 극복하는 몸, 그 몸들이 무대에서 자신을 선언하는 모습을, 그럼에도 중력을 완전히 벗어날 수 없다는 점에서 몸의 궁극적인 실패를 보기 위해 오는 것이다. 돋아난 힘줄마다 고인 망설임과 의심을 잊지 않되 연기자는 그것을 피부 밖으로 드러내선 안 된다. 무대에 올라

선 자가 분장을 두껍게 하고 입가에 미소를 그리는 이유다.

이와 같은 몸의 세계에 하루라도 더 붙어 있기 위해 내가 선택한 일이 이것이다. 저 연기를 보고 기량이 부족하다든지 예술성이 떨어진다는 생각을 하는 것도, 이제는 그와 같은 방식으로 허공에 몸을 수놓을 수 없는 내게는 사치다.

공연의 마지막 순서인 공중그네 3인의 얼굴에 흐른 땀을 가제 수건으로 두드려 닦아내고, 뭉개진 볼 터치를 수정한다. 셋 중 가장 어린 귀의 발목에 단단히 테이프를 감아준다. 귀가 눈살을 찡그린다. 어린이는 어른보다 발목이 쉽게 꺾이는 대신 부러진 뼈가 빨리 붙는다. 하얀 분이 들뜨지 않고 뺨에 자리를 잡는다. 허리를 뒤로 접는 데에 어려움이 없으며 180도로 다리를 찢을 때면 양쪽 발끝이 세상 밖까지 뻗어 나갈 것처럼 보인다. 귀는 지푸라기처럼 가볍고 탄력이 넘쳐서 그네에 거꾸로 매달린 휴와 모가 진자 운동의 왕복을 하면서 던지고 받아내기에 좋다. 귀의 사지가 허공에 부챗살처럼 활짝 펼쳐질 때마다 몸에 깃든 빛이 산란한다. 어린이의 몸이 지닌, 부드러움과 가벼움을 위시한 특권은 너무나 한때이며 일찌감치 곁을 떠난다. 몸의 섭리를 거역하기 위해, 도래할 쇠미의 때를 하루라도 늦추며 침대 머리맡에 서서 기다리는 사신을 속이기 위해, 공연이 끝난 뒤에도 우리는 매일같이 밤 연습을 하지 않을 수 없는 것이다. 우리라는 말은 좀 어폐가 있다. 이제 무대에 오르지 않는 나는 연습하지 않는다. 움직일 때마다 바람 소리가 나는 팔다리로 공중에서 할 수 있는 일은 없다……. 빨리 좀, 아직 다 안 됐어요? 귀가 짜증스럽게 묻는다. 늘 오르는 무대라고 해서 초조하지 않은 건 아니니까. 나는 다 됐다는 뜻으로 귀의 하얀 발등을 가볍게 툭툭 친다. 귀는 제 발목을 잡아채듯 의자에서 내려서서 뒤돌아보지 않고 휴와 모를 따라간다.

뱀이나 도롱뇽을 고아낸 약을 파는 것 같은 단장의 목소리가 관객의 박수를 유도한다. 수많은 철제 의자가 삐걱거리는 소음 사이로 환호가 솟구쳐 올라 무대를 적신다. 오늘의 천막 바깥은 빗줄기에다 다소 강풍이다. 소란과 진동의 영향을 받아 가설무대의 바닥이 꺼지거나 천막이 쓰러져 연기자들을 덮치지 않아야 할 것이다. 그러나 저만한 과장의 제스처와 높은 소리도 없이 쇼의 분위기가 유지되기란 어렵다. 관객이 평소 3분의 2 수준인 만큼 천막을 온통 환성으로 채워도 어딘지 모르게 허전할 테니.

습도와 날씨 탓인지 평소보다 순이의 분변 냄새가 더욱 누렇게 고인 듯한 간이 대기실에 소여가 들어선다. 소여는 나를 보고 **자동으로** 허리를 숙인다. 어, 고생했어. 나는 어정쩡하게 돌아앉아 대꾸하며 소여의 긴 다리와 균형 잡힌 어깨를 바라본다. 나긋나긋한 곡선을 지닌 가슴과 허리를 곁눈질한다. 나는 스무 살 이전에도 이후에도 그와 같은 몸을 가져본 적이 없다. 우리 대부분의 몸은 날아오르고 회전하며 착지하는 일에 최적화되어 있었으므로, 가슴이고 어디고 간에 지방이 쌓일 틈이 없었다. 무겁지 않고 출렁거리지 않으며 거치적거리는 부분이 없는 것이야말로 공중에서 연기하는 몸의 우선 조건이었다. 외국의 오랜 옛날이야기 속에 그처럼 몸의 실용성을 강조하는 여자들만이 사는 나라가 있었다던가. 아기를 먹이기는 해야 하니 가슴 한쪽은 남아 있으나, 다른 한쪽은 말을 타고 달리며 무기를 휘둘러서 적군의 머리를 베는 데에 방해가 되므로 여아가 태어나기 무섭게 절제한다는 곳. 남아는 가슴이고 뭐고 간에 태어나면 바로 죽이는 곳. 모든 아이의 아비는 그저 하룻밤 머물다 지나가는 떠돌이 여행객…….

아니 씨를 받자마자 바로 아비도 죽이는 거였던가. 기억나지 않지만 여자들만의 나라라니, 식구가 스무 명 남짓에 불과한 우리 단체와 비슷하지 않은가. 전국을 유랑하며 공연하는 여러 단체 가운데 우리에게 조금이나마 유명세가 허락된 까닭이라면, 두 명을 제외하고 모든 식구가 여자들이라서다. 관객들을 비롯한 보통의 사람들은 '단장 마누라'라는 말에는 익숙하지만 '단장의 남편'이라는 말은 처음 들어보는 것이었다. 새로운 도시에 가서 전단을 돌리면 대부분은 그대로 길가에 버렸고 받아가는 사람들은 수군거렸다. 그런 이들은 단장이 계집이래 계집들끼리 공연을 한다고 어디 얼마나 잘하나 볼까…… 같은 마음으로 천막을 걷고 들어서곤 했다. 여자들이 앞에 나서서 화려한 쇼를 펼치고 관객의 비위를 맞추는 일을 주로 한다면, 단장의 남편은 회계와 살림 담당으로 때론 지역 유지들에게 공연 자금을 얻기 위해 단장과 함께 굽실거리고 다니거나 잡다한 사무를 맡아보았으며 공연 내내 천막 바깥 간이 매표소에서 입장권을 팔았다. 두 사람의 의붓아들로 짐작되는 청년은 힘쓰는 일을 함께했다. 천막을 단단히 세우고, 공연이 열리는 기간 동안 우리의 간이 숙소가 되는 천막도 설치했다가 해체하여 거두는 일, 그것들을 거대한 짐차에 실어 나르고 운전하는 일, 객석에 철제 의자를 부려놓았다가 거두는 일, 공연이 끝난 뒤의 쓰레기 청소. 어지간한 잡일은 둘이서 해결할 수 있었지만 무대와 천막을 세우고 해체하는 데엔 많은 손이 필요했으므로 그때그때 당도한 새 도시에서 일당 일꾼들을 구했다. 그 외에도 남자들은 내가 주로 맡아보긴 하나 힘에 부치는 일들, 이를테면 단체 식구들 빨래며 밥을 매일같이 해대는 일, 순이의 사료를 챙기고 목욕이며 건강을 돌보는 일을 거들었다.

습관은 소뼈에 달라붙은 덜 익은 고깃점 같아서, 나는 자꾸만 우리라고 일컫는다. 그들의 공연이다. 소여를 포함한. 소여는 공연이 없는 동안에도 남들처럼 연습할 필요가 없다. 다른 이들은 감을 잃지 않기 위해, 자신의 팔다리를 건드리는 바람이나 조명의 열기나 사람들의 환호에 흔들리지 않는 대담성을 유지하기 위해 노력하지만, 소여에게는 잃을 감이라는 것이 없다. 아무리 기술이 단순해도, 예술성이 떨어져도, 그때그때 술병을 휘두르며 돌발 행동을 취할 가능성이 있는 관객을 향해 적절한 호응을 보내지 못하더라도, 소여는 나처럼 부서지지 않는다. 나처럼 실패하지 않는다. 그런 몸을 가졌다는 사실만으로도 단장이 애지중지하지 않을 수 없는 것이다. 아니나 다를까, 바깥에서 3인 공중그네가 한창일 때 단장은 무대를 돌보는 대신 소여를 몸소 데리러 대기실로 부산스레 들어섰다. 가자, 얼른 들어가서 푹 쉬자. 단장은 추위를 느끼지 않는 그 몸에 습기라도 끼칠세라 크고 두툼한 타월을 소여의 어깨에 둘러주곤 내 눈앞에서 서둘러 치우는 식으로 거두어 간다. 언제나 그랬듯이 소여는 마지막 앙코르 공연에 등장하지 않을 것이고, 커튼콜에도 나서지 않을 것이다.

부서지지 않는다, 고장 나지 않는다……. 그 같은 몸의 덕목은 유용한 한편 신비롭기까지 하나 관객을 배신한다. 관객은 부서지는 몸을 보러 온다. 유한한 몸이 그럼에도 무한을 희구하듯 펼쳐지는 모습을, 실제로는 유한 앞에서 좌절하는 몸을, 구름을 가르다 태양에 녹아내리는 밀랍의 날개를, 보러오는 것이다. 오늘도 실수 없는 무대를 꾸미자고 우리는 공연 전에 서로의 손을 붙들며 기도하지만, 사실 본질적인 실패가 아니었던 적이 없는 것이다. 관객이 지불하는 요금은 그 실패에 대한 위로금이다.

단장과 맞교대라도 한 것처럼, 불시에 대기실 천막을 열고 험상궂은 남자들이 들어선다. 차림이나 행동거지로 보아 동네 주먹들인가. 그들이 단장을 찾고, 어디로 이동하든 도착한 곳에서 이 같은 일들은 부지기수라 나는 다만 어깨를 으쓱해 보인다. 허가는 받고 무대를 세웠느냐든지, 허가증 쪼가리를 보이면 다 가라라며 자기들이 진짜 이곳 실세라는 자들이 가는 곳마다 한 트럭은 나오는데, 계집들끼리 곡예는 무슨 곡예냐고 시비 한번 걸어보겠다는 셈이다. 공연이 끝나갈 즈음해서는 얼마에 같이 자주냐고 묻는 종자들도 꼭 나온다. 탈춤이든 품바든 간에 떠돌이 예능인 무리란 원래 오랜 옛날부터 그중의 여자 구성원이 밤마다 마을 인근에서 몸을 팔고 다시 훌쩍 떠나기가 예사였다며, 계집늘끼리 단체를 꾸려서 방방곡곡 이동한다는 데에는 으레 그런 목적도 있지 않냐고 시비를 털었다. 우리 쪽 사내들도 체격은 다부진 편이며 오랜 노동으로 힘도 있는 편이나, 둘 다 어수룩하여 남들 눈에 만만히 보이기도 하고 쪽수 차이도 나다 보니 입구에서 이런 자들을 일일이 통제하기는 어려울 터였다.

그러니 나로선 모르는 척하는 게 제일이다. 단장은 원래 바쁜 사람이며 무대가 끝난 다음 들르시라 하자, 일행은 나를 위아래로 훑으며 노려본다. 그들의 시선이 다리에 와 닿는다는 생각이 들어 나는 신축성도 없는 치맛자락을 공연히 무릎 아래까지 잡아당겨 늘리는 시늉을 한다.

옆 나라에서 건너온 가라쿠리의 일종이라고 하는데 한번 잘 길들여보려고.

가라쿠리?

응, 그 왜 시간 맞춰서 정각이다 반 시간이다 할 때마다 시계에서 튀어나오는 가짜 뻐꾸기 알지. 그런 걸 거기선 가라쿠리라고 부른대. 나무랑 태엽을 잘 엮어서 만든 기계라고, 마을 축제 때나 연극 때도 커다랗게 만들어서 무대에 올리고 그런대.

아니 그래도 너무 수상하잖아. 내가 설마 그런 인형도 모를까 봐서, 아무리 봐도 이건 나무가 아니잖아, 진짜 사람이라고.

단장이 남편의 부축을 받아가며 불콰한 얼굴로 소여를 데리고 들어서던 날 밤, 나는 소여의 코밑에 손가락을 대보고 기함했다. 숨탄것이라면 이 코밑으로 바람이 나와야 마땅하지 않은가. 여남은 초마다 한 번씩 깜박이는 눈동자 앞으로 짝 소리 나게 손뼉을 마주쳐보았다. 움찔거리기는커녕 미동도 없었다. 자신의 몸을 지키기 위한 반사작용에 대해 알지 못한다는 것이 이로써 증명되었다. 다음으로 하야스레한 얼굴을 공연히 꼬집고 흔들어보았다. 이 감촉이 어떻게 사람 아닐 수 있나, 진정으로 사람이 아니라면 이걸 만든 자는 광인 내지는 신일 수밖에 없었다. 볼을 꼬집고 흔드는데 눈살 한번 찡그리지도 않는 걸로 보아 단장의 말이 사실이라고 여기면서도, 칼을 집어 소여에게 내밀며 네가 정말 사람이 아니라면 이걸로 네 손이든 어디가 됐든 간에 그어보라 했다. 그러자 단장이 막아섰다. 얘는 이게 얼마짜리인지 아니. 이걸 나한테 맡기신 분도 살살 다루라 했단 말이다. 맡기신 분이란 단장이 주요 도시 몇 군데에 심어둔 부유한 '패트런' 가운데 하나이며 그는 또다시 더 높으신 분께 건너 건너 하사받았거나 맡아두었다는 식으로, 애초에 누가 만들었는지 출처를 모른다는 이야기였다. 세계 여러 나라의 신기한 물건에 관심이 많고 소년 잡지 같은 데서 시간을 여행하는 기계를 다루는 믿거나 말거나 식의 잡문에 소설류도 즐겨 보는 패트런은, 이게 어쩌면 미래에서 보내준 물건인지 누가 알겠느냐고 덧붙였다 한다. 몸을 움직이는 일, 즉 기예는 얼마든지 가르쳐도 좋고(말로만 해도 알아듣는다며, 그것을 가라쿠리의 세계에서는 '입력'이라 부른다고) 힘쓰는 일도 할 수 있지만(뭐가 됐든 우리의 부피와 무게 기준이 이동 수단인 트럭이다 보니 덧붙이자면 트럭 한 대분의 하중을 견디게 만들어졌다고) 지나친 충격으로 인해 피부가 찢어지거나 녹지 않게 조심하라는 설명이었다. 사람이라고 제 살을 찢거나 녹이는 일이 권장될 리 없지만, 가라쿠리의 경우 특수한 재질로 만들어진 피부가 벗겨지면 내용물도 금방 부식되어 제 기능을 할 수 없다는 것이었다. 그러니 찬물로 가볍게 씻는 건 가능하며 인간의 비누 세제를 써도 상관없지만, 끓는 물이나 불가는 조심하라고. 그것말곤 거듭된 전달 및 이양 과정에서 분실됐는지, 사용 설명서한 장 붙어 온 게 없다고 한다. 설명서도 없는 가라쿠리라니 전기밥솥만도 못하지 않은가. 하긴 전기밥솥 설명서만 해도 죄다 옆 나라 말로 되어 있으니 별무소용이며 실제론 뚜껑도 열어보고 버튼도 눌러보고 해야 다룰 줄 알게 되는 거지만 말이다. 고양이 손이라도 빌리고 싶다던 다른 식구들은 소여의 정체 따위 아랑곳하지 않고 반겼으므로 내게는 발언권이 없었다. 이로써 그들은 그동안 늙은 선배의 빈자리를 채우기가 얼마나 수고로웠는지를 내색한 셈이었다. 식구들이 모두 두 가지 이상의 기예를 유지 연습하며 무대를 메우고 한쪽 다리를 못 쓰게 된 당신의 밥값까지 벌어들이고 있는데. 그들의 시선에 드러난 촘촘한 행간은 그간의 불만과 성토로 가득 차 있었다.

이왕 그리할 거라면, 신기한 가라쿠리가 있다고 홍보하여 손님을 끌어모으면 되겠네. 사람들이 기이하게 여겨 소문도 날 테고. 나 같은 생각을 가진 이들이라면 개수작 말라고 하겠지만. 나는 어릴 적 다른 단체에 몸 붙이고 있었을 무렵, 키가 내 무릎 높이밖에 안 왔던 노부인의 소위 '프릭 쇼'를 보았던 기억을 떠올리며, 기예를 '입력'하는 것보다는 세워두고 만져보게 하는 것이 관객몰이에 도움 되리라 여겼으나 단장은 큰일 날 소리 말라고 했다. 너희 어디 가서든 소여가 가라쿠리라는 말 새 나가게 하면 안 돼. 이건 보통의 세상에는 있어선 안 되는 아이란 말이다. 누군가의 실패작이거나 시험작이려나. 사람 대신 무서운 거, 험한 거, 가령 전쟁 같은 거 대신

하라고 만들었는데 돈이 너무 크게 들어서 더 이상 만들지를 못했다든지. 소여가 사람 아니라는 게 참이냐 거짓이냐로 갑론을박을 일으키면 흥행에는 도움이 될지 몰라도, 꼭 너와 같은 생각을 하는 자들이 있어서 그들이 위에다 사기라고 고발이라도 하면, 이건 손재주로 사람을 홀리는 야바위와는 얘기가 다르니, 가라쿠리임을 증명해보라며 군인들이 소여를 잡아다 태우든지 찢든지 할 테고, 우리는 우리대로 위법하게 흘러들어 온 장물의 출처를 대라면서 나라님들이 잡아다 고문이라도 하면 우리 패트런하고 줄줄이 엮여 들어간다. 선고를 내리는 듯한 단장의 말에는 분명 개연성이 있었다. 그 지경으로 위험한 걸 어떻게 데리고 다니자고? 단장은 한마디로 다짐을 주었다. 그냥 사람으로 알아. 사람처럼 대하고. 어딜 가도 사람인 양 하면 돼. 그 길지 않은 시간, 의논 비슷이 하느라 우리가 언성을 높이고 탄식하거나 웃는 등 온갖 변화를 겪는 동안, 소여라는 아이는 기분을 나타내는 아무런 표지도 없이 천막 안으로 처음 들어섰을 때와 똑같이 손톱 하나 안 들어가지 싶은 표정으로 서 있었다.

내가 인생의 유일한 선로에서 영원히 탈선한 날로부터 오래지 않아, 번갈아 파트너 노릇을 하면서 함께 줄을 탔던 다른 두 사람은 단체를 떠났다. 애당초 줄 위를 떠날까 맴돌까 망설이던 이들에게 내가 기름 부은 셈이었다. 하나는 이동한 도시에서 마지막 공연이 끝나고 편지도 없이 사라졌는데, 보통의 사람들이 제 짐을 놔두고 그렇게 없어진다면 술에 취해 논두렁에 빠졌는지 계곡에서 떨어졌는지 걱정이 들어 찾아 나서겠건만, 단체에서 말없이 사람 들고 나기는 흔한 일이라 단장은 그 와중에 돈만 쏙 빼 갔네, 한숨 쉬곤 그만 찾고 두라 하였다. 다른 이는 비교적 원만하게 석별의 시간을 가졌다. 이번 공연이 끝나면 이 도시에서 속정 든 다찌집 주인과 함께 살기로 약속했다고 모두에게 발표한 시기가, 하필이면 내가 한쪽 다리를 영영 못 쓰게 됐음이 판명 났을 때라 밝히는 본인도 부담스러워했었다. 이후로 곡예단의 심장이라 할 수 있는 줄타기를 제 기술 익히기도 바쁜 여러 식구가 돌아가면서 선보인다는 건 임시방편에 불과했다. 공중그네를 타는 자가 순이의 재롱을 보여주고, 입에서 불을 뿜는 자가 접시돌리기를 할 수는 있었지만, 줄타기 경험들은 풍부하지 않았다. 위낙 기량들이 좋아 짧은 시간에 곧잘 익혔으나 그것이 힘에 부치지 않는다는 뜻은 아니었다. 그러던 참에 은밀히 선물받은 새 단원이라니, 관리가 까다로울 것이며 가장 중요한 특징을 천하에 자랑할 수 없다는 점을 애석해하면서도, 그것이 미래의 외계인이 보내준 것이든 악마가 뱉어놓은 씨앗이든 상관없다는 식이었다.

넌 어려운 기술은 하지 않아도 된다면서 휴와 모가 돌아가며 한 번씩 보여준 동일한 연기를, 소여는 그대로 줄 위에서 구현해냈다. 태어나 처음으로 줄 위에 올라가는 자가 실수도 낙상도 없이. 균형을 잡기 위한 특별한 추가 그 몸속 어딘가에 매달려 있나 보았다. 소여가 단 한 번 만에 그 일을 해냈을 때, 그 애가 있는 공간만 중력이 사그라졌다. 그 애의 몸만이 피어나는 공간. 그대로 두면 태엽이 다 풀릴 때까지 몇 번이라도 그걸 반복할 수 있을 거였다. 시행착오가 없다는 데서 나 혼자만이 불안의 냄새를 맡았으며, 단장을 비롯한 모두가 그 정밀함과 정확함에 압도되었다.

능력은 이렇게 증명되었으나 기본적인 기술 외에 고난도의 동작 또는 줄 위에서 2인 이상의 상호작용은 단장이 만류했다. 불가능하지는 않으나 안전 관리 차원이라 했다. 이 몸속에 얼마나 섬세한 부속이 많이 들었는데. 애초에 귀보다는 훨씬 무거운 아이란 말이다. 그런데 자기 기계 뇌 속에 돌아가는 수많은 톱니바퀴가 줄 위에서 균형을 어떻게 잡아야 할지, 어떤 동작을 이어가야 하는지 칼같이 셈하는 거지. 계산기처럼, 1초에 수억 번을. 억이라는 숫자가 어떤 크기인지 상상이나 해본 적 있니. 단장은 자기도 미루어 짐작하지 못할 규모의 숫자를 어림하여 읊으며 그렇게 잘난 척했었다.

소여에게는 무대에 오르기 전 분칠을 하거나 입술연지를 발라줄 필요가 없었다. 만들어질 때부터 붉은 입술과 푸른 음영이 깊게 진 눈꺼풀을 갖고 있었다. 부잣집 아이들이 갖고 노는 수입산 바비 인형이 그렇게 만들어졌다. 소여의 입술은…… 왜 붉은가. 춥거나 무서우면 파랗게 질리기도 하는 게 사람의 입술인데. 나는 엄지에 침을 묻혀가며 몇 번이고 소여의 눈과 입술을 문질러보았다. 뺨도 나의 살갗과 꼭 닮은 감촉이었다. 아니 나나 단장이나 이제 늘어지고 거칠어졌으니 오히려 소여의 살 쪽이 바람직할 거였다. 보편과 객관의 시각

26

이라면. 거뭇한 잡티 없이 언제까지나 뽀얀 상아색을 유지할 바람직한 살. 공기에 닿아 하루하루 변질될 일이 없는 몸. 지치지 않는 몸. 제때 태엽만 감아주면 쌀이나 기름 같은 연료가 들지 않는 몸. 밤마다 불편한 천막 안에서 눈을 붙이고 이튿날 하루 벌이를 위한 기력을 회복할 필요가 없는 몸. 용광로나 목욕탕에 던져지지 않으면 망가질 일도 없는 몸. 설령 관리를 잘못하여 망가지더라도 시취를 풍기거나 벌레가 꼬일 일 없는 몸. 한 번만 시범을 보여주어 입력을 가하면 허공에서 균형을 유지하기 위한 최적의 값을 스스로 찾고 정확한 출력을 내놓는 몸. 무한의 몸. 단장은 소여를 돌보는 것만은 누구에게도 맡기지 않고 자신이 직접 태엽을 감았다…… 감았을 것이다. 우리에게는 그 모습을 보여준 적 없다. 보통 이상의 하중을 견딜 수 있도록 설계되었다면서, 패턴의 말을 어디까지 믿을 수 있는지도 모른다며 단장이 안심하지 않으니 소여는 짐 한번 그 손으로 날라본 적 없다. 짐작만으로도 고가의 물건이라 함부로 손대거나 굴리면 안 되는 것쯤 이해하겠으나, 위험한 기예는 있는 대로 보이면서 정작 그 기예를 지탱하고 생활의 기반을 구축하는 번다한 노동에는 소여를 일

절 참가시키지 않는 것에 대해, 다른 식구들의 불만이 조금씩 고개를 들기 시작했다.

귀가 미소 짓는 걸 가르쳐주었다. 이튿날 공연부터 소여는 웃었다. 눈가에 굴곡이 지고 뺨에 보조개가 패었다. 무대에서 내려와서도, 이제 얼굴을 풀고 원래대로 돌아가라고 지시하지 않으면 그 입술이 내내 동일한 규격의 호선을 그리고 있음을, 공연 일정에 지친 식구들 중 하나가 무엇이 그리 우습냐고 핀잔을 줄 때까지 다른 누구도 눈치채지 못했다.

아무 때나 아무 데서나 아무에게나 미소만 짓는다고 되는게 아니야. 미소가 너무 잦으면 그것의 의미와 깊이가 사라져버려. 그러나 그 말은 소여의 이해 범위를 벗어난 모양, 소여는 잠깐 작동 오류라도 일으킨 듯 행동을 멈추고 가만히 앉아 있기만 했다. 사람들은 아이러니를 보러 온다. 실수가 없어야 한다는, 그러면서도 관객을 향한 서비스를 잊지 말아야 한다는 의무에서 비롯한 극도의 긴장과, 그것을 이겨내려고 애쓰는 미소의 미묘한 불협화음을 보러 온다. 세상 아무것도 두려워할 줄 모르는 자의 대담한 쇼는 처음 몇 번은 고혹과 경이의 대상이 되지. 그러나 어려운 기술에 익숙해지고 그 행위가 절대로 불가능하지 않다는 사실을 알게 되면 사정이 달라진다. 사람들은 두려움이라곤 모르는 자의 미소에 경탄하나 두려움을 참아내는 자의 미소에는 공감한다……. 이때 단장이 모두를 해산시켰다. 밤참들 자셨으면 각자 마을에 나갔다 오든지, 왜 가만히 있는 아이더러 트집이야. 하던 것만 틀림없이 해내면 되는 게 이 아이의 일이야. 너희는 하던 것도 실수해서…… 실수하는 주제에. 완벽하지 않으면 완벽해지려고 노력이라도 하는 게 이 아이에 대한 예의가 아니니. 단장은 아마도 실수해서…… 다치는 주제에,라고 하려다 나를 생각하여 말끄트머리를 잘라낸 것 같았지만 그 말은 마침 그날 무대에서 순이의 움직임 템포를 놓치고 임기응변으로 그 자리를 모면함으로써 순이가 부상을 당하는 일만은 어떻게든 막았던 휴를 건드리고 지나갔다. 지금 그게 무슨 주객전도의 말씀이세요. 우리가 소여한테 예의를 지켜야 한다는 뜻이라도 되나요. 단장과 휴가 티격이 붙는 소리가 높아갔다.

남자들이 다녀간 뒤로 단장의 낯빛이 좋지 않다. 어디 아파? 단장은 고개를 젓는다. 나는 바로 알아차린다. 생존 앞에 무엇을 둘러대거나 수치스러울 것도 없이, 어느 도시에나 분포한 잡배들이 지껄이던 말대로다. 단장은 각 도시에 다다라 패트런들과 적당히 화담이나 나누고 술잔만 기울인 게 아니다. 공연에 드는 경비는 무대 설치와 철거에 드는 자재비만이 아니다. 일꾼들 품삯, 전단 인쇄비, 식비, 도구와 의상비, 순이 사료와 물 값, 이동에 드는 유류비며 짐차 유지비 따위가 입장권을 파는 것만으로 충당되지 않았다. 단장이 공공연히 해온 가욋일을, 이제 소여더러 하라고 찾아온 것이다. 먼젓번 도시에서 다른 패트런이 준 가라쿠리라는 말은 할 수 없으니 단장은 호탕한 웃음과 농담으로 눙치려 했다. 왜, 이제 내가 늙었다고 이러기요. 그 아이는 세상 물정 하나도 모르고 무뚝뚝하기가 이루 말할 수가 없소. 내가 나아. 내가 갈게요. 그러나 남자들은 들은 척도 않고, 내일 마지막 공연이 끝나면 소여를 데리러 올 테니 그때까지 뻣뻣한 태도를 풀도록 할 것이며, 불려 가서 무엇을 해야 하는지 잘 가르쳐두라고 했다는 이야기.

불가능하지는 않을 것이다. 말하면 그대로 정확히 실행에 옮기며, 소여는 그것에서 어떤 신산스러움을 느끼지 않을 테니까. 귀나 흉나 모를 그런 자리로 내모는 것보다는 죄의식이 차라리 덜할 테니까. 그 말을 입 밖에 내지 않으려고 나는 다른 구실을 댄다. 아무리 생긴 게 사람 같다고 해도 몸이, 몸은 어떻게 하고? 금방 들킬 텐데. 사실 나는 소여의 몸이 어떻게 되어 있는지 구석구석 알지 못한다. 소여는 언제나 무대 의상을 그대로 입고 생활했으며 단장이 남들 눈에 띄지 않게 돌보았었다.

소여는 똑똑하니까 내일 무대가 끝나기 무섭게 보통의 아가씨처럼 옷을 갈아입히고, 저 남자들은 따라가지 말고 다른 어디로든 이대로 가버리라고 하면 그대로 할 것이다. 주인이 자기를 떼어낸다 하여 상처 입을 일도 소여에게는 없을 것이다. 길을 따라 달리라고 하면 태엽이 풀릴 때까지 같은 속도로 달려갈 것이다. 그러나 태엽이 풀리기 전에 빨간 신호등 앞에서도 멈춰 설 줄 모른다면 차에 받혀 산산조각 나겠지. 흔들림도 망설임도 없으며 부상도 종양도 없는 완벽한 몸이 형체를 알아보기 어렵게 변신하고 마는 것이다. 아직 발생하지 않은 일들에 대한 예감이 내 몸을 통과하며 작열감을 불러일으킨다. 사람이 이리 심각한데 너는 무엇이 웃기느냐고, 단장이 묻는다. 비로소 나는 입가가 슬며시 올라가 있었다는 사실을 깨닫는다.

빗방울이 천막을 때리는 소리와 바람에 화답하는 듯한 순이의 울음소리가 금방이라도 꼭뒤를 잡아챌 것처럼 높아진다.

어제보다 일기가 고약하여 마지막 날 공연은 관객이 별로 들지 않는다. 그러나 단체 식구들은 한 번의 공연에 생계가 걸려 있으니, 아무리 수지가 적게 나더라도 잡힌 공연은 이행해야 한다. 전날부터 자주 울었던 순이는 좋지 않은 컨디션으로 무사히 재주를 마치고 무대를 내려온다. 얼굴이 보랏빛이다. 나는 순이의 머리를 거대한 타월로 감싸고 대기실로 데리고 와서 그 앞에 석유곤로를 틀어준다. 이런 짐승도 식은땀을 흘리며 자신의 상태를 호소할 줄 아는데, 흘낏 돌아본 소여는 단장으로부터 모종의 지시를 받았을 건데도 여전히 예의 그 슬픔이나 분노 같은 지표에 기울어지지 않은 표정으로 자신의 호명을 기다리고 있다. 지시 내용은 무엇이었을까. 줄타기가 끝나자마자 뒤돌아보지 말고 가라고? 막이 내려오면 너를 데리러 온 검은 안경 낀 사내들을 따라가라고? 어느 쪽이든 그것은 소여 인생의 종말을 의미한다. 그런데 인생이라니. 사람 인 자를 붙여서 말할 수밖에 없다니. 앞으로 자라서 무언가가 되어야 한다는, 과정도 변화도 갖지 않은 존재에게. 노리개한테도 사람 인 자를 붙여 인형이라 하는데 당연한 일인가. 그러나 사람의 형形과 생生은 같은 범주로 묶을 수 있는가.

자, 곧 네가 나갈 차례야. 일어나렴. 따로 몸단장이 필요 없는 소여의 머리카락을 공연히 가다듬는 식으로 쓸어내리며 나는 말한다. 그런데 아무리 평소의 무표정을 감안하더라도 소여는 오늘 종일 힘을 아끼고 있는 것처럼 보인다. 전날 술에 취한 단장이 미처 돌봐주지 못했는지도 모른다. 저기, 내가 너의 태엽을 감아주어도 되니? 무대에서 힘이 떨어지고 작동이 멈추어버리는 소여의 모습을 상상하다 다급해진 나는 가라쿠리에게 동의를 구할 필요 없다는 사실을 순간 잊고 묻는다. 소여의 대답을 기다리지 않고 태엽이 있을 만한 곳을 찾는다. 머리와 목뒤를 손으로 훑다가 돌출부가 닿지 않자 다짜고짜 등의 지퍼를 내린다. 아니 실은 망설였을 것이다. 목 아래로 의상 안쪽에 무엇이 있는지를 처음 만나는 셈이니. 나무? 쇳덩이? 둘 다 아니다. 등은 얼굴을 만졌을 때와 꼭 같은 감촉과 재질이며 눈밭처럼 깨끗하다. 가슴인가. 옷을 그대로 끌어 내린다. 용도를 알 길 없으나 유두와 유륜이 충실히 구현된 가슴에는, 우리의 트럭과 같이 주유구라고 할 만한 다른 이질적인 부위가 눈에 띄지 않는다. 그렇다면 이 몸의 움직임은 무엇을 거름으로 하여 피어나는가…… . 그때 훑어 내린 옆구리에 조그만 돌기가 닿는다. 의상을 더 끌어 내리자 그 자리에, 피부 안쪽으로 깊이 박혀 있긴 하나 완전히 파묻어 감추지는 못한 나사 모양의 꼭지가 보인다. 이게 태엽인가 보다. 소여에게 활력을 공급하는. 태엽 위 피부에 친절하게 새겨진 화살표 방향대로 잡아 돌린다. 한 바퀴씩 힘주어 돌릴 때마다 이국의 오르골 소리가 귀를 적시는 듯한 착각에 사로잡힌다. 말없이 돌리고 또 돌린다. 내 숨소리가 이 공간을, 이 시간을 훼손하는 매개라도 되는 것처럼 숨마저 죽이고 돌린다. 태엽 감는 소리만이 끼긱 끽 하며 대기실을 할퀴고 지나간다. 몇 번이나 돌렸을까, 딱 하고 기타 줄이 끊어지는 듯한 소리가 울린다. 황망하여 말을 잇지 못하는 내 발끝으로 굴러온 태엽 손잡이가 닿는다. 원래 태엽이 있던 자리는 구멍만이 뚫려 있고 그 안은 어떻게 생겼는지, 구멍이 작고 깊어 보이지 않는다. 떨리는 손으로 태엽을 주워다 원래 자리에 쑤셔보나 그것은 처음부터 그 자리가 아니었던 양 맞물리지 않고 힘없이 흘러내린다. 하필이면 이럴 때 사달이 나냐. 단장은 왜 애 밥을 안 줘서 이 지경을 만들어. 듣는 이 없는데도 마치 내 탓 아니라는 듯 핑계 조로 푸념하며 태엽을 주머니에 집어넣고 의상을 도로 입힌다. 단장이 손목에 차는 비싼 시계는 밥을 주다 부속이 끊어져 나왔어도 일단 감겼던 내부의 태엽이 풀릴 때까지는 초침이 간다. 소여 또한 그럴 것이다. 무대에서 7분만 버티면 되는 일이다. 그런 다음에는…… 사내들이 데려가든지 어디론가 떠나더라도, 태엽 감아줄 이 없이는 언젠가 멈출 몸이다. 이 정도 부속이라면 붙어 있으나 없으나 마찬가지다. 도움닫기로 박차 올라서 횡축으로 공중 2회전을 한 다음 불붙인 고리를 통과한 모에게 보내는 박수가 일어나고, 단장은 갈채를 더욱 크게 유도하지만, 관객이 적어 열없는 갈채는 빗소리에 파묻힌다. 나는 소여를 일으켜 등을 떠민다. 자, 네가 나갈 차례다. 웃어. 웃으라고.

밀쳐지면서도 눈살 한번 찡그릴 줄 모르고 그저 마땅히 자기가 있어야 할 곳으로 몸을 옮기는 그 동작이 가라쿠리의 본질이다. 이유를 되묻지 않고 불평을 말할 줄 모르며 결코 회의하는 법이 없는 순교자와 같은 확고한 몸짓으로 높은 쇠줄 위에 올라, 시선이 모호한 미소를 지으며 객석에서 들려오는 박수 소리에 아랑곳하지 않고 기예를 펼치는 것. 신호에 맞춰 무대에 등장한 소여는 이미 백 번도 넘게 되풀이한 대로 언제까지나 지겨워할 줄 모르고 춤춘다. 연주 곡의 몇 번째 마디에 어떤 동작이 수행되어야 하는지, 완료된 계산에 따라서.

줄 한복판에 균형을 잡고 선 소여가 허공을 향해 사뿐히 날아오를 때 기다렸다는 듯 천둥이 치고, 그 소리가 천막 안까지 꽂혀 사람들 사이에 균열이 생긴다. 음악 소리가 순간 묻히지만 소여는 흔들림 없이 입력된 동작을 이어간다. 여기서 번개가 천막을 찢고 무대가 정전이 된대도, 음악 테이프가 끊어진대도 소여는 어둠과 침묵 속에서 정해진 안무를 수행할 것이다.

관객들은 제 환호에 귀가 멀어 듣지 못하나, 천막 바깥에서 폭우에 뒤섞여 말다툼이 벌어지고 있음을 내 귀는 포착한다. 단장 남편과 의붓아들이 남자들의 출입을 어떻게든 막아보느라 실랑이를 벌이는 모양이다. 공연이 끝나면 아이를 숨길 것으로 생각했는지 눈치 빠르게 찾아왔나 보다. 이때 내 귀는 저 멀리서 도약하는 소여의 몸속에서 일어난 작은 삐걱거림을 놓치지 않는다. 일말의 예감대로 소여는 태엽이 뽑혀 나간 것만으로 평소와 미세하게 다른 움직임을 보이기 시작한다. 나는 주머니 속 태엽을 만지작거린다. 그보다는 주머니 천 아래로 닿는 내 다리를 만지고 있지만 감각은 없다. 소여가 줄에서 떨어지지 않았으니 사람들은 아직 이상한 기미를 채지 못하나, 무대 아래쪽에서 지켜보던 단장은 알아차린 것 같다. 그때 낙뢰와 함께 두어 번 반짝이던 천막 안 전구들이 필라멘트 타는 소리를 내며 꺼지자, 사람들의 아우성이 음악을 대신한다. 당장은 그 자리를 지키는 게 안전에 도움 되며 안내에 따라 차례대로 움직여야 한다는 사실을 머리로는 알면서 본능적으로 몸을 일으키고 사방을 헤집고 다닌 끝에 넘어지고 부딪치고 깔린다. 분명 수가 많지 않았던 관객이 보이지 않는 신의 곱셈에 의해 급증하기라도 한 것처럼, 엄마 아빠의 손을 놓친 아이들의 울음소리, 밀지 마요, 누가 밟았어, 끼었어, 끼었다고, 하는 외침에 천막이 들썩인다. 어쩌면 이건 단장 남편이나 의붓아들이 고의로 스위치를 끊어버린 걸까. 어둠 속에서 확성기를 찾지 못한 단장이 손나발을 입에 대고 외친다. 자리를 지켜주세요. 위험합니다. 모두 자리에 앉아주세요. 움직이지 마세요. 곧 보조 전원을 켜겠습니다. 마침내 소여의 몸이 안전그물에 떨어지는 소리가 출렁, 울린다.

그 소리야말로 사람의 몸에서 벌어지는 일과 같다고 여기며, 나는 다리를 끌고 무대로 향한다. 이변에 영향을 받고 이변을 견디지 못하는, 바람에 진동하는 한 장의 연약한 꽃잎과 같은 사람의 몸. 소여는 내가 생각했던 사람의 모양에 비로소 한 걸음 가까워진 듯하다. 어둠 속에 드러나는 실루엣으로 보아 소여의 사지는 기이한 방향으로 꺾인 것 같다. 다가가기 전에 내 머릿속에서 이미 소여의 몸은 뒤틀려 파츠가 잘못 끼워진 인형이 되어 있었다. 단장은 모를 것이다. 태엽을 쥔 내 손아귀에 필요 이상의 힘이 실렸다는 것을, 태엽이 웬만큼 감겨 뻑뻑하고 무거워졌음에도 나도 모르게 있는 힘껏 비틀었다는 사실을, 단체 식구들이 몸을 씻는 목욕통의 더운 물에다 소여를 밀어 넣고 싶었던, 불꽃이 일렁이는 석유곤로에 밀쳐버리고 싶었던 그동안의 내밀한 충동들을. 결과적으

38

로 내키지 않는 일만은 하지 않게 되었으니 단장은 내게 감사해야 한다는 것을. 그런데 내키지 않는 일이란 누구의 내키지 않음을 말할까. 소여는 자신이 내키지 않는 일을 하지 않을 자유가 있는, 내키지 않는 일과 내키는 일을 구분하여 일컬을 수 있는 존재인가. 처음부터 제기할 아무런 의문도 이의도 없고 자신을 증명하기 위한 어떤 제스처도 불요하며 그 자체로 주어진 존재, 그 아이의 이름은 소여다.

어머니는 잠 못 이루고

권여선

1

오익은 잠이 오지 않는 밤이면 집에서 가까운 24시간 카페에 자주 갔는데 얼마 전부터 그곳이 24시간 영업을 중단하고 새벽 2시까지만 하는 걸로 바뀌었다. 그래서 그는 자정 무렵에 가서 커피를 마시며 한 시간 반쯤 앉아 있다 돌아와야 했다.

오늘도 커피를 사서 늘 앉는 자리에 앉아 노트북을 열었다. 오늘 밤 안에 검토해야 할 자료 목록이 펼쳐졌지만 오익은 고개를 돌려 유리 밖을 내다보았다. 건너편 술집 앞에서 백발의 남자와 젊은 남자 둘이 담배를 피우고 있었고, 그 옆의 참치 횟집은 이미 영업이 끝났는데도 불이 꺼지지 않은 전자 입간판이 요란하게 번쩍거렸다. 긴 머리의 여자가 고개를 숙이고 휴대전화를 들여다보며 지나갔다. 포장을 걷은 포장마차가 동남아의 작은 수상 가옥처럼 미끄러지듯 도로를 지나갔다. 검은 모자에 마스크를 쓴 남자가 귀에 휴대전화를 붙이고 지나갔다. 마스크를 쓴 채로 통화를 하는지 마스크 입 부분이 꿈틀거렸다. 몸집보다 큰 가방을 멘 늙은 여자가 절름거리며 지나갔다. 관절의 통증이 보이는 걸음이었다. 밤거리엔 아직 사람들이 오고 가지만 곧 모두 어디론가 돌아가 잠들 것이다.

익아, 너 원채가 뭔지 아니?

어머니가 물었다. 어떤 말은, 특정 음식이 인체에 계속 알레르기 반응을 일으키듯, 정신에 그렇게 반복적인 부작용을 일으킨다고 오익은 생각했다. 말의 독성은 음식보다 훨씬 치명적인데, 알레르기 반응을 일으킨 음식은 기피할 의지만 있다면 그럴 수 있지만, 부정적인 반응을 일으킨 말은 아무리 기피하려 해도 그럴 수 없기 때문이다. 아니, 기피할 의지가 강하면 강할수록 점점 더 그 말에 사로잡혀 꼼짝달싹도 할 수 없어진다. 원채는 다 갚기 전엔 안 끝난다고, 죽어도 안 끝나고 죽고 또 죽어서도 갚아야 하는 빚이라고 어머니는 말했다. 오익은 그게 바로 사는 일 같았다. 기피 의지와 기피 불가능성이 정비례하는, 그런 원채 같은 무서운 말들이 원채처럼 쌓여가는.

오익은 잠시 귀를 기울였다. 무슨 소리가 들려온 듯도 하고, 아닌 듯도 했다.

2

시작은 새소리가 요란했던 일요일 아침이었던 걸로 기억한다. 전화를 걸어온 어머니가 도통 잠을 잘 수가 없다고 했고 오익은 대수롭지 않게 여겼다. 오익은 이제껏 어머니로부터 잠을 잘 잤다는 말을 들어본 적이 없었다. 어렸을 때부터, 그러니까 그때쯤엔 어머니가 젊고 팔팔한 여성이었을 텐데도, 아침이면 어젯밤에 한숨도 못 잤다든가 잠깐 눈 붙였다 뗀 뒤로 날밤을 샜다든가 밤새 자는 둥 마는 둥 했다든가 하는 말을 듣고 자랐다.

그날 이후로 어머니는 불쑥불쑥 전화를 걸어와 요즘 오숙이 자꾸 전화를 해서 이상한 말을 한다고, 그래서 더 잠을 잘 수가 없다고 불평을 했다. 시집 식구들 욕을 하다가 정 서방 사업이 잘된다고 기세등등했다가 갑자기 인간들이 다 꼴 보기 싫다고 울기도 하는 등 오숙이 당최 종잡을 수 없는 말을 한다고 했다.

우울증인가?

우울증? 우울증에 걸리면 그러니? 정 서방이 그렇게 돈을 잘 번다는데 집에서 포실하게 살림하는 애가 왜 우울증에 걸리니?

그건 오익도 알 수 없었다.

이게 벌써 몇 날 며칠째인지 모른다. 내가 언제까지 이러고 살아야 하니?

신경을 *끄세요*.

어머니가 얕고 긴 한숨을 쉬는 소리가 들려왔다. 신경이 끈 다고 꺼지느냐, 남보다 예민한 이 신경이, 자식이 돼서 모르는 소리도 참, 그런 속말을 애써 삼키고 있는 게 틀림없었다. 오익의 생각에는 오숙이 사소한 일로 어머니에게 마음이 상했는데 어머니가 그걸 모른 체하거나 오익에게 털어놓지 않는 것 같았다. 모녀간의 갈등에 오익이 개입할 여지는 없었지만, 안 그래도 불면을 자랑삼는 어머니로서는 잠을 못 잘 충분한 이유를 얻었으니 한동안 오익만 시달릴 판이었다.

숙이 마음이 가라앉길 기다려야지 어머니가 어떻게 해줄 수 있는 문제가 아니잖아요.

그거 기다리다 난 그만 죽을 것 같다.

그런 말씀 마세요. 숙이도 저러다 말 거예요. 착한 애잖아요.

그렇겠지?

그럼요.

요샌 전화벨만 울려도 내가 가슴이 벌렁벌렁해.

그럼 당분간 전화를 꺼놓거나 숙이 전화를 받지 마세요.

아이고, 그 전활 안 받았다가 내가 뒷감당을 어떻게 하라고. 카톡으로 문자로 난리도 그런 난리가 없다. 내가 받을 때까지 숙이 그게 얼마나 해대는지 아니?

오늘도 전화 왔어요?

오늘도가 뭐니? 익이 넌 내 말을 어디로 듣는 거니? 오늘만 통화를 세 번 했어. 처음에 전화해서는 한 시간 넘게 뭐라 뭐라 떠들고 소리 지르고 하길래 겨우 달래서 끊고 나니까 오분도 안 돼서 또 전화해가지고는 울고불고하다 지가 먼저 똑 끊어버리더니 저녁때 전화를 해서 이제껏 분풀이를 해대는 거야. 내가 귀가 다 울리고 정신이 하나도 없다.

그런 상태라면서 어머니가 왜 자신에게까지 전화를 걸어 그 고통을 연장하는지 오익은 이해할 수 없었다.

세상에, 오늘은 내가 무슨 그렇게 차별을 했단다. 익아, 네가 보기에도 내가 너하고 숙이를 차별해서 키웠니?

오익은 뭐라고 대답하기 어려웠다. 자신이 오숙보다 더 좋은 대접을 받고 자란 기억은 없지만 차별은 당한 사람이 아니고는 모르는 문제이니 오숙이 차별을 당했다고 느꼈다면 그럴 수도 있을 것이다.

왜 오빠만 대학 보내주고 지는 안 보내줬느냐고.

그건 그때 숙이가 아파서…….

내 말이 그 말이다. 숙이 그게 고3 때 인후 결핵인가 뭔가 걸려서 병원비 숱하게 까먹은 건 그렇다 쳐도 점수를 그따위로 받아놓고 무슨 대학 타령이니? 점수만 좀 잘 받았어도 내가 대학을 보냈지 안 보냈겠니? 아무리 그때 형편이 그 지경이었어도 내가 무슨 수를 써서라도 보내긴 보냈겠지.

그런 얘기를 하지 그러셨어요?

내가 그런저런 얘기를 안 했겠니? 숙이 그게 듣지를 않는다. 지 말만 하고 내 말을 듣지를 않아. 지가 못한 건 하나도 생각을 안 하고 재수 안 시켜줬다 대학 안 보내줬다 자기만 차별했다 요즘 세상천지에 대학 안 나온 사람이 어디 있는 줄 아느냐 조선 시대도 아니고 딸만 공부 안 시키는 그런 거지 같은 집구석이 어디 있느냐고 악을 악을 써대는데, 아이고…….

그러면서 어머니도 점점 오숙을 닮아가는지 낮이고 밤이고 전화를 걸어왔고, 가끔 전화를 안 받거나 꺼두면 반응이 올 때까지 집요하게 문자며 카톡을 해대는 통에 오익은 보통 성가신 게 아니었다.

오익은 낮에는 유 회장의 사무실에서 상근 아르바이트를 하고 밤이면 카페에서 논문을 썼다. 유 회장은 기업체 회장은 아니고 풍수연구회 회장 겸 역사가 50년이 넘는다는 근처 모 초등학교의 총동창회장이었다. 사무실은 오래된 상가 건물 2층이었는데, 안 그래도 작은 공간을 칸막이로 나누어 반은 풍수연구회, 반은 총동창회 사무실로 썼다. 오익은 이쪽저쪽에서 걸려오는 전화를 받고 주소록을 수정하고 회보를 만들어 회원들에게 부치는 등의 잡무를 담당했다. 일이 힘들지는 않았지만 자잘한 업무로 시간이 쪼개졌고 어머니의 전화를 받은 날이면 마음이 심란해 상가 사람들과 어울려 술을 먹는 일이 잦아졌다. 그러다 보니 사무실 상근을 하며 차분히 논문 자료를 읽고 밤이면 카페에서 논문을 써나가려던 계획에 차질이 생기고 있었다.

오숙에게서 문자가 온 날도 오익은 술자리에 있었다. 그날은 한식당 풍미정에서 아르바이트를 하던 송희 씨가 온다 간다 말도 없이 사라진 지 사흘째 되는 날이라 열 받은 풍미정

방 여사가 깃발을 잡고 1차를 냈다. 1차가 끝난 후엔 다들 우르르 맥줏집으로 몰려갔다.

맥줏집에 도착해서 유 회장과 청과 일을 하는 철호는 전화를 걸거나 받고 있었고 안경점 김 씨와 방 여사는 화장실에 갔다. 혼자 창가 자리에 앉아 있던 오익이 안주로 나온 구운 노가리를 손질해놓고 손을 냅킨에 닦고 있을 때 문자 알람음이 울렸다. 문자함을 열어보니 오숙이 보낸 장문의 문자가 주르륵 펼쳐졌다.

오숙은 어머니에게는 그렇게 뻔질나게 전화를 하면서도 그에게는 전화나 문자를 한 적이 없었다. 그래서 그는 모든 문제는 어머니와 오숙 사이에 일어난 일이라고 생각해왔다. 그런데 오숙이 참으로 뜬금없고 해괴한 문자를 그에게 보내온 것이었다. 오익은 오숙이 보낸 문자를 몇 번이고 되풀이해서 읽었다. 문자에서 오숙은 그를 '너'라고 칭하고 있었다. 이제껏 오숙이 농담으로라도 그를 이런 식으로 부른 적은 한 번도 없었다. 오익은 멍하니 창밖을 바라보느라 화장실에서 돌아온 방 여사가 옆자리에서 부르는 것도 알아채지 못했다.

"박사님! 젊은 박사님!"

오익은 자신이 박사가 아니라 박사 논문을 쓰는 학생이라는 말을 반복하는 데도 지쳐서 그냥 네, 네, 하고 말았다.

"박사님한테 내 뭐 좀 하나 물어봅시다. 세상에는 분명히 위가 있고 아래가 있잖아요? 안 그래요? 위에 있는 사람이 있고 아래에 있는 사람이 있고, 또 위하고 아래는 분명히 차이가 나거든요. 내가 올려다보고 무서워하는 사람하고 나를 올려다보고 무서워하는 사람하고 차이가 나지 안 나나? 그러니까 내가 딱 균형을 잡고 살 수가 있는 거거든. 사막 한가운데 있어봐요, 방향을 못 잡지. 허공에 붕 떠 있는 것도 마찬가지라고. 다 자기 분수를 알고 자기 처지를 알고 살아야 한다고, 나는 그래 생각해요."

"옳습니다, 누님!"

안경점 김 씨가 말했다.

"그렇죠? 난 진짜 김 선생하고는 잘 통해. 우리가 정 나눔하고 살아온 세월이 얼마야, 응? 그런데 참 이상한 게 뭐냐면, 송희가 처음 왔을 때 내가 감을 못 잡겠더라고. 어디서 이런 알밤 같은 게 튀어나왔나 싶은 게, 분명히 내 아랜데, 아래도 한참 아랜데 자꾸 신경이 쓰이고 송희 이게 영 말랑하지가 않은 거야. 아유, 우리 유 회장님, 어서 와 앉으세요."

전화를 끊은 유 회장이 자리에 앉으며, 이 자식이 전화를 안 받네, 어쩌고 툴툴거렸다. 곧 전화를 끊고 돌아온 철호도, 명구 이 새끼 아무래도 오늘은 어렵겠다는데요, 했다.

"그래? 그럼 할 수 없지. 우리끼리 마시지, 뭐."

김 씨가 맥주잔을 들자 방 여사가 잔을 부딪쳤다.

"오늘 2차는 유 회장님이 쏘신답니다!"

철호의 말에 모두 환호성을 질렀다. 맥주를 들이켠 후 유 회장이 말했다.

"방 여사님이 송희 얘기를 하니까 생각나는 게 있는데, 이 게 좀 된 얘긴데," 하고 유 회장은 입가의 거품을 닦으며 뜸을 들였다. "예전에 송희 걔가 나한테 술 한잔 사달라고 찾아왔 더라고."

오익은 철호의 눈이 커지는 걸 보았다.

"그래서 뭐 내가 그깟 술 한잔 못 사주나 사주마 했더니 자기 친구가 하는 가게가 있는데 거기서 사달라는 거야. 뭐 좋다 하고 거길 갔지. 양주하고 맥주하고 안주 두어 개 시켜 먹었나, 다 먹고 계산을 하는데 술값이 엄청나게 나온 거야, 내가 술이 확 다 깨더라니까."

이번에는 방 여사의 눈이 휘둥그레졌다.

"그래서요?"

"그래서? 아, 그걸 뭐 어떡해요? 친구 가게라는데 따지기도 그렇고. 내가 계산 끝내고 화장실에 갔다 나오니까 송희가 입구에서 기다리고 있다가 죄송해요 하더라고. 뭐가 죄송하냐 물었더니 그냥 이런 모습 보여서 죄송하다고, 계속 죄송해요, 죄송해요 그러더라고."

철호가 물었다.

"송희 씨 친구가 한다는 그 가게 말입니다, 회장님. 문 앞에 달이랑 별이 붙어 있고 그런 데 아닙니까?"

"달이랑 별? 글쎄 그건 잘 모르겠는데."

"여기서 좀 먼 데죠?"

"허 참, 나."

유 회장은 즉답을 피했지만 그래서 더 즉답이 되었다.

"아이, 이제 송희 그년 얘기는 그만하고," 방 여사가 잔을 들었다. "우리끼리 정 나눔 하면서 재미나게 마십시다!"

오익은 갑자기 뭔지 모를 어떤 것을 견딜 수 없었다. 휴대

전화를 열어 오숙의 문자를 삭제하고 고개를 드는데 붉게 달아오른 유 회장의 얼굴과 까무잡잡한 철호의 얼굴이 겹쳐 보였다. 오익은 살짝 진저리를 쳤다. 달과 별이 붙어 있는 출입문 앞에서 송희 씨가 말했다. 죄송해요. 뭐가요? 송희 씨가 약간 고개를 숙인 채 말했다. 그냥 이런 모습 보여서 죄송해요. 죄송, 죄송, 할 때마다 송희 씨의 입술이 뾰족하게 달싹거리는 걸 오익은 멍하니 바라보고 있었다.

오익이 비틀거리는 몸을 가누고 문 비밀번호를 누르는데 전화벨이 울렸다. 문을 열고 들어와 불을 켜고 양말을 벗는 내내 벨은 끊어지지 않고 울렸다. 전화를 받자마자 어머니가 외쳤다.

익아, 왜 전화를 안 받니? 왜 이렇게 전화를 늦게 받는 거니?

왜요?

오익은 느긋하게 물었다.

이게 무슨 일이냐? 숙이 그게 나한테 문자를 보내서 토사구팽을 당했다 어쨌다 하면서 의절을 하겠다는데 내가 도대체 어이가 없다.

오익은 오숙이 자신에게 보낸 그 어처구니없는 문자를 어머니에게도 보냈으리라고 짐작은 했지만 막상 듣고 보니 기가 막혔다. 오숙이 보낸 문자는 자신이 '너'로부터 토사구팽을 당했으며 그 후 구밀복검과 교언영색으로 '너'를 대해왔다, 용서하려 했지만 도저히 용서가 안 되니 이 순간부터 '너'와 인연을 끊고 의절하겠다는 내용이었다.

저도 봤어요.

너한테도 보냈니, 그게?

네.

오익은 오숙이 어머니에게도 '너'라고 보냈을까 생각하니 웃음이 났다.

넌 이게 웃을 일이니?

아니, 그게…….

사실 여부를 떠나 일단 오숙이 토사구팽을 당했다는 말은 오익과 어머니를 비난하는 말이 될 수 있었다. 하지만 그 후 구밀복검과 교언영색으로 살아왔다는 말은 오숙 스스로의 삶을 비난하는 말로, 오숙은 그런 말을 태연히, 나는 입에 꿀을 바르고 가슴엔 칼을 품고 살았노라, 나는 간교한 말과 거짓 낯짝으로 살았노라, 실토한 셈이었다. 오숙이 그 말들의 뜻을 제대로 알고나 쓴 건지 의심스러웠지만 오익은 웃음을 누그러뜨리고 말했다.

토사구팽은 그렇다 쳐도 구밀복검이나 교언영색은 너무 우습잖아요?

그게 뭐가 우습니? 무섭지.

어머니는 구밀복검이 안 우습고 무섭다고요?

무서운 말이다. 구밀 그런 말은.

구밀은 입에 꿀을 바른다는 말인데 뭐가 무서워요? 복검이 무섭죠. 배에 칼을 품고…….

얘가, 자꾸 그런 말 하지 말라니까.

제가 한 말이 아니고요…….

아니 누가 했건 그런 흉한 말 하지 마라, 익아.

제 말은 숙이가 아무리 분한 게 있어도 구밀 그런 말은 이럴 때 쓰는 적당한 말이 아니라고요. 차라리 절치부심을 했다 그러면 또 몰라도.

아이고, 난 절치부심도 싫다.

그러면 와신상담이라도…….

아니 얘가 왜 자꾸, 나는 그것도 싫어!

오익은 하하, 하하, 웃었다. 이러다 우리 어머니 한자성어 포비아에 걸리겠구나. 그래서 시험 삼아 아무 한자성어나, 이를테면 등하불명 근묵자흑 같은 교훈적인 것부터, 효를 중시하는 어머니의 마음에 쏙 들 만한, 수욕정이풍부지, 자욕양이친부대, 같은 말을 해볼까 하다 다시 하하, 하하 웃었다. 언제인지 모르게 전화가 끊겼고 오익은 쓰러져 잠들었다.

다음 날 아침에 깨어 오늘로 오숙과 의절한 지 1일째구나 생각할 때만 해도 오익은 피식 웃음이 났다. 매제인 정 서방이 돈을 얼마나 잘 버는지 몰라도 오숙의 기세가 하늘을 찌르는구나 싶었다. 그러나 의자에 앉아 물을 마시며 어젯밤에 자신이 허물처럼 벗어놓은 바지를 물끄러미 내려다보던 그는 갑자기 분이 치밀어 오르는 걸 느꼈다. 언젠가 어머니가 전화로 했던 얘기가 생각났다.

숙이 지가 오빠랑 살면서 오빠 밥 해대고 오빠 빨래 해대고 그러면서 직장을 다녔단다. 그렇게 지가 번 피 같은 돈으로 오빠 학비 대고 오빠 바지 사주고 그랬다고, 오빠라고 키도 하필 땅딸막해가지고 지가 맨날 새 바지 사면 세탁소 가서 멀쩡한 바지를 땅딸이 반바지로 줄여 오고 그랬다고. 그랬는데 지 시집갈 때 친정에서 해준 게 뭐냐고.

전혀 기억에 없는 일이지만, 설사 그런 일이 있었다고 한들, 오익이 그렇게 해달라고 오숙에게 부탁한 적은 한 번도 없었다. 다 저 좋아서 한 일이었다. 오숙은 어려서부터 그를 잘 따랐고 자랑스러워했다. 그런데 아무리 못 배워먹었기로, 또 아무리 우울증에 시달리기로, 말이 아 다르고 어 다른데 오빠에게 땅딸이 반바지가 뭔가.

오익은 의자에서 굴러 내려와 자신의 바지에 달려들어 구겨진 바지를 늘이듯 양쪽으로 잡아당겨 보았다. 아무리 당겨도 짧긴 짧았다. 숙이 그건 키라도 크지, 그런 한심한 생각을 해봐도 더는 웃음이 나오지 않았다.

4

처음에 어머니는 가족 간에 의절이라니 집안 망신도 이런 망신이 없다며 오숙이 년을 가만두지 않겠다고 같잖은 년이 참

같잖은 짓도 한다고 울분을 토했다. 그러다 아니라고, 아닐 거라고, 이건 분명히 오숙이 뭔가 단단히 오해를 해서 생긴 일이 분명하다며 오숙의 오해를 풀어주겠다고 줄기차게 전화를 해댔다. 오숙이 전화를 받지 않자 어머니는 사위인 정 서방에게 전화를 해서 만나기까지 했다. 마침내 정 서방도 어떻게 해볼 수 없는 일이라는 걸 깨닫고 어머니는 풀이 죽었다. 한동안 조용하던 어머니가 다시 전화를 해 왔을 때 오익은 이번엔 어머니가 어떤 방도를 찾아냈는지 궁금했다.

내가 어리석었다.

어머니의 첫마디였다.

뭐가요?

익아, 너 원채가 뭔지 아니?

원채요?

전생에 진 빚이 원채다.

원죄와 같은 것이로군, 하고 오익은 생각했다.

원채가 얼마나 무서운지 들어보라며 어머니가 그윽한 목소리로 얘기를 시작했다. 옛날에 아주 눈에 넣어도 안 아플 아들 삼 형제를 둔 아비가 있었단다. 늦도록 자식이 없다 얻은 아들들이라 더 귀했다고, 아들 셋이 노는 것만 봐도 배가 부르고 아들들이 크는 재미에 늙은 몸으로 힘든 줄도 모르고 죽자고 일을 했는데, 어느 날 삼 형제가 한꺼번에 이름 모를 병에 걸려 시름시름 앓다 한날한시에 죽고 말았다. 그러니 그 아비의 슬픔이 오죽했으랴. 그 아비 또한 식음을 전폐하고 괴로워하다 아들 셋을 따라 죽고 말았는데, 천상에 올라가보니 저편 구름 위에서 아들 삼 형제가 생전의 그 귀여운 모습 그대로 모여 앉아 우애 있게 놀고 있더란다. 아비가 반가운 마음에 눈물을 흘리며 한달음에 달려가니 아들 셋이 그를 보고 한결같이 무섭게 눈을 흘기고 싹 돌아앉으며 저 원수가 왜 여기까지 따라왔느냐고 자기들끼리 쑥덕거리더란다. 기가 막힌 이 아비가 옥황상제를 찾아가 그 까닭을 여쭈니 옥황상제가 진정 네가 그 이유를 알고 싶으냐 묻더란다. 그걸 알기 전에는 죽어도 죽은 게 아니라고, 제발 그 이유만이라도 알려달라고 머리를 조아리니 그 아비에게 전생을 보여주더란다. 전생에 이 아비는 포수였는데 쏘아 맞히는 솜씨가 보통 빼어난 게 아니었다. 어느 날 나뭇가지에 비둘기 삼 형제가 나란히 앉은 걸 보고 고을 원님이 누가 저 새 세 마리를 한 번에 맞혀 죽일 자가 있겠느냐 하고 물으니 포수가 썩 앞으로 나서며 내가 해보겠소 했더란다. 모여 있던 사람들이 입을 모아 그건 무리라고 했으나 포수가 껄껄 웃으면서 대번에 활을 쏘아 새 세 마리를 한 번에 꿰 맞혀 죽였단다.

포수가 활을? 오익은 물으려다 입을 다물었다. 어머니는 세 상 진지했다.

그때 죽은 새 세 마리가 다음 생에 포수의 아들로 환생해 태어난 것이었다지 뭐니? 그래서 천상에서 만난 아들 삼 형제 가 아비를 보고 원수라고 한 거란다. 익아, 원채에는 여러 가 지가 있어서, 돈으로 진 빚은 전채, 정으로 진 빚은 정채, 몸으 로 진 빚은 육채라고 하는데, 그중 제일 무서운 게 남의 목숨 을 빼앗은 명채란다. 그러니 참새 삼 형제를 죽인 포수의 그 죄가 얼마나 크겠니?

오익은 참새 아니고 비둘기, 하고 속으로 중얼거렸다.

이 얘기를 듣고 내가 가만 생각해보니, 어머니는 한숨을 푹 쉬더니 말을 이었다. 전생에 내가 오숙이를 버렸었나 보다 싶 다. 내가 절 버렸으니 어린 게 그 얼마나 애통했겠니? 그 애통 함을 지금 생에 풀고 가려고 오숙이가 저러는 게 아니겠니?

안 그러고는 오숙이가 이럴 애가 아니거든. 내가 처음엔 속 좁게 오숙이 그걸 무식하고 미친년이라고 생각도 했지만 참 어리석었지. 오숙이가 오죽하면 이러겠나 생각하니 마음이 아프다. 원채 중에 이건 그러니까 내 생각에 정채 같다. 전생에 너하고 나하고 오숙이한테 정으로 많은 빚을 진 거지.

오익은 왜 어머니가 자기까지 끌고 들어가는지 의아했지만 역시 잠자코 있었다.

지금은 오숙이가 전생의 원한을 못 풀고 마음을 굳게 닫아걸었지만 우리가 진심으로 정을 주면 언젠가는 마음을 열 거다. 명채는 명으로 갚고 정채는 정으로 갚아야 한단다. 그러니 우리가 날이면 날마다 오숙이에게 정을 듬뿍 주자, 익아.

정을 무슨 수로 줘요? 전화도 안 받는다면서요?

마음으로 주는 거지. 진심을 다해 정을 주면, 정은 다 통하게 돼 있다.

오익은 어머니의 정 타령을 들으며 풍미정 방 여사가 입에 달고 사는 정 나눔이란 말이 떠올랐다. 참으로 지겨운 말들이구나 싶었다.

그 후로 어머니는 오익에게 전화를 해서 이런저런 얘기를 하다 마지막엔 꼭 오숙에 대한 기억을 하나씩 환기시키고야 전화를 끊었다. 익아, 오늘 동네에 엿장수들이 왔더라. 왜 각설이 거지꼴로 옷을 해 입고 노래 시끄럽게 틀어놓고 엿 파는 사람들 있잖니? 가위로 엿을 깨서 지나가는 사람들한테 먹어보라고 나눠주기도 하던데 똑 오숙이 생각이 나데. 오숙이가 엿을 참 좋아했지. 젊은 애가 웬 엿을 그렇게 좋아했나 몰라. 그런 식이었다.

5

오익에게 증상이 나타난 건 지난달 말쯤이었다. 오랜만에 학교 때 선배들을 만나기 위해 전철역을 향해 가는 중에 어머니에게 전화가 걸려왔다. 대꾸를 하면 통화가 길어질 테니 아무 말도 하지 않으리라 결심했지만 어머니가 다짜고짜 나는 요양원 같은 데는 죽어도 가지 않겠다고 선언하듯 말하는 바람에 누가 요양원에 가시라고 한 적이 있냐고 물을 수밖에 없었다.

요양원에서는 국에다가 미원 대신 비료를…….

그는 주변의 소음 때문에 잘 알아듣지 못한 줄 알았다.

비료라고요?

그래, 비료 포대에서 비료를 국자로 퍼서 국에다 넣는 걸 봤단다.

오익이 설마, 하자 어머니는 요양원에서 살다 나온 노인이 직접 한 얘기라고 했다. 예전 같으면 이런 말도 안 되는 얘기는 건성건성 들어주다 끊었겠지만 이제 하나밖에 안 남은 자식으로서 오익은 어머니에게 작은 성의라도 보이는 시늉을 해야 했다.

그걸 직접 들으셨어요?

직접은 못 들었고 다들 그렇게 들었다고들 하니까…….

어머니는 얼버무리는 기색이더니 갑자기 어딘데 이렇게 시끄럽냐고 물었다. 전철역이라고 하자 어머니는 오숙에 대한 정다운 기억을 나누기엔 분위기가 적당하지 않다고 생각했는지 이만 끊고 이따 통화하자고 했다.

전철을 타고 가면서 오익은 어머니와의 통화를 천천히 곱씹어보고서야 그 진의를 짐작할 수 있었다. 어머니가 비료 얘기까지 들먹이며 결단코 요양원에 가지 않겠다고 한 말 속에는, 오익과 오숙이 당신을 요양원에 보내는 자식들이 되어서는 안 된다는 것, 어떻게든 남매가 힘을 합쳐 당신을 부양해야 한다는 것, 그러려면 둘이 한시바삐 화해를 해야 하는데 오익이 오숙에게 전생의 정체를 성의껏 갚고 있지 않아 화해가 지연되고 있다는 것, 그러니 모든 책임은 오익에게 있다는 것 등의 암시가 들어 있었다. 오숙과 의절한 뒤로 어머니의 모든 메시지는 오숙으로 집중되었다.

　오익은 약속한 삼거리에서 정과 백을 만났다. 정과 백은 동갑이었고 오익은 그들보다 두 학번 아래였다. 셋은 한때 대학원 연구실에서 함께 공부하고 식당에서 중식과 석식을 먹고 밤이면 술을 마시던 사이였다. 정은 지난 학기에 교수에 임용되었고 백은 시간강사를 뛰고 있었다. 상가 사람들만 만나다 오랜만에 선배들을 만나자 오익은 묵직한 자부심과 친밀감을 느꼈다.

　그들은 근처 음식점을 검색해본 후 질 좋은 한우를 값싸게 먹을 수 있다는 한우 정육 식당을 찾아갔다. 매장 입구에 있는 정육 코너에서 정규직인 정이 먹고 싶은 걸로 고르라고 하자 일용잡급직인 백이 꽃등심을 골랐고 자영업자인 고깃집 사장이 살치살도 드셔보시라고 권했다. 백이 살치살도 시킬까 묻자 정이 일단 꽃등심부터 먹어보자고 했다. 꽃등심은 큼직한 것 한 덩이와 그보다 작은 것 한 조각이 나왔다. 그들은 달구어진 불판에 기름을 두르고 등심을 구웠다.

채소를 안 먹으니 느끼하네. 백이 말했다.

드세요, 형. 오익이 쌈 바구니를 백 앞으로 밀어놓았다.

내가 지금 날걸 못 먹어.

왜? 정이 물었다.

요새 설사병이 나서.

저런.

등심의 큼직한 덩이는 먹을 만했지만 작은 조각은 질겼다. 정이 이번엔 자기가 고기를 골라 오겠다며 자리에서 일어났고 그 뒤통수에 대고 백이 살치살을 먹자고 외쳤다. 잠시 후 정이 실실 웃으며 돌아왔다.

살치살 시켰어? 백이 물었다.

시켰지. 정이 말했다.

살치살이 맛있어요? 오익이 물었다.

맛있지, 하고 백이 말했다. 부드러워서 꿀렁 넘어간다고 싫어하는 사람도 있는데 우리가 등심으로 씹는 맛을 봤으니까 이제 살치살을 먹을 타임이지.

내가 말이야, 정이 불판에 남은 등심 조각을 젓가락으로 가리키며 말했다. 주인한테 가서 등심이 한 조각은 좋았는데 한 조각은 좀 질기더라고, 단골한테 이럴 수가 있냐고 그랬더니 뭐가 찔리는 게 있는지 뜨끔하면서 아, 그러시냐고 그래.

누가 단골인데?

백의 질문을 무시하고 정은, 아무튼 이번엔 제대로 된 고기가 올 거라고, 주인이 뜨끔했으니까, 하며 웃었다. 백이 그럴 거라고, 네가 워낙 소도둑놈처럼 생겼으니까 주인이 오죽 뜨끔했을 거냐고 대꾸했다. 정은 웃지 않았고 오익은 웃었다. 정의 말대로 살치살은 제대로 된 고기가 왔고 양도 넉넉했다.

역시 뜨끔한 게 맞지? 정이 의기양양했다.

그들은 살치살을 각자 한 점씩 불판에 올려놓았다. 정은 살짝 핏물이 배어 나오자 바로 집어 먹고는 부드럽네, 했다. 등심보다 낫지 않냐고 백이 묻자 정은 그저, 부드러워, 하고 말았다. 백과 오익도 적당히 익힌 살치살을 입에 넣었다. 정말 부드럽다고 오익이 말하자 그렇다고, 등심보다 훨씬 낫다고 백이 말했다. 정은 말없이 돌판에 살치살을 두 점씩 얹어 구웠다.

백이 주위를 두리번거리며 여기 금연인가, 묻자 정이 요즘 금연 아닌 데가 어디 있냐고 했다. 백은 고기 굽는 집에서 금연하는 걸 이해를 못 하겠다면서 연신 살치살을 구워 입에 넣는 정을 바라보다 결심한 듯 자리에서 일어나 담배를 피우러 나갔다. 백이 나가자 정이 오익에게 소기름으로 적당히 위에 코팅을 했으니 이쯤에서 술을 시키자고 했다. 오익이 소주를 시켰고 술이 오자 정은 내일 아침에 중요한 회의가 있어서 많이는 못 마신다고 했다. 왠지 오금을 박는 듯한 그 말투에 오익은 심사가 꼬였다.

난 안 마실래요, 형.

왜? 끊었어, 술?

아뇨, 한동안 많이 마시고 다녔어요.

그래? 누구랑?

그냥 이런저런 사람들하고.

요즘엔 안 마시고?

뭐, 그냥……

왜?

그러니까 그게, 오익은 무슨 말인가 하고 싶었지만 무슨 말을 해야 할지 몰랐다. 요즘요. 가슴이 막 답답하고…… 도대체…… 여자들은 왜 그러는 거예요, 형?

정은 살치살을 씹으며 고개를 끄덕이더니 말했다.

홍삼을 먹어라.

네?

내가 홍삼 먹은 지 두 달 됐는데 좋아.

백이 돌아올 때까지 정은 오익에게 홍삼의 효능에 대해 설명했다. 담배를 피우고 돌아온 백이 술을 보고 반색을 했다. 정과 백은 술잔을 부딪쳤고 오익은 가스버너의 불을 조금 줄였다. 선배들을 처음 만났을 때의 묵직한 기쁨은 온데간데없이 사라졌고 기름 냄새에 머리가 지끈거렸다. 증상이 나타난 것은 그때였다.

새 세 마리…….

오익은 흠칫 놀라 주위를 살폈다. 정이 백의 빈 잔에 술을 따르며 떠들고 있었다. 내가 아까도 잠깐 오익이한테 얘기했지만 너도 꼭 홍삼 먹어라. 너무 좋아. 내가 홍삼 먹은 지 두 달 됐는데 주량이 엄청 늘었어. 이건 말로 설명이 잘 안 되는데, 하며 정이 말로 설명을 했고 백은 건성으로 고개를 끄덕이고 있었다. 아무도 새 세 마리 같은 말을 하지 않았다는 걸 오익은 알고 있었다. 그러나 누군가가 자신의 귀에 입을 대고 숨결마저 끼얹는 목소리로 그 말을 속삭인 듯한 느낌은 도저히 부인할 수 없는 실감이었다. 새 세 마리……. 오익은 음소거 하듯 가스버너의 레버를 돌려 불을 아예 꺼버렸다.

그 이후로 자주는 아니고 가끔 오익의 귀에 어떤 소리들이 들려왔는데 '새 세 마리'와는 달리 의미를 알 수 없는 소리가 대부분이었다. 의미를 찾으려고 애쓰다 보면 실제로 들려온 소리가 점점 더 모호하게만 생각되었고 과연 들려온 것이 맞는지, 자신이 들은 것이 확실한지 알 수 없었다. 어느 날 오익은 샤워기의 물줄기가 쎄에— 세에— 쏟아지는 소리를 듣고 혹시 자신이 이런 물소리를 '새 세 마리'로 잘못 들은 게 아닐까 싶어 쎄에— 세에— 소리 뒤에 어떻게든 '마리'와 비슷한 소리가 만들어지도록 샤워기를 벽과 거울과 세면대에 분사해보았다. 만족스러운 결과가 나오지 않자 욕실 바닥에 온갖 물건을 늘어놓고 실험도 해보았다. 젖은 수건과 타일 바닥의 경계 면에 가깝게 샤워기를 분사했을 때 데리릭 하는 소리가 났고 그는 데리릭과 마리릭이 비슷하게 들릴 수 있다는 걸 증명하기 위해 한참 동안 입 속에서 데리릭 마리릭 웅얼거려도 보았다. 심지어 자신의 목소리를 녹음해놓고 데리릭이 마리릭으로 들릴 때까지 반복해 듣기도 했다.

이렇게 '새 세 마리'를 무의미한 음향으로 바꾸려는 노력을 거듭하는 것과는 모순되게 오익은 자신의 귀에 들려온 무의미한 음향의 의미를 추적하는 노력 또한 멈출 수 없었다. 이를테면 파훗키에에— 비슷한 소리가 들려온 후 오익은 그게 무슨 뜻인지 골똘히 생각하다, 파—괴—가 아닐까 생각했고, 또 한참을 더 생각해보고 파죽지세일지 모른다고도 생각했다. 그러나 파괴든 파죽지세든 그게 무슨 의미인지, 어떤 깊은 암시를 담고 있는지는 알 수 없었다. 그러면 오익은 무엇인가를 찢거나 비비거나 돌리면서 환청 이후의 초조한 상태에 사로잡혀 한두 시간씩 멍하니 앉아 있곤 했다.

6

오익은 유 회장의 사무실에 앉아 창밖에 내리는 비를 바라보며 오늘 새벽에 꾼 꿈을 생각하고 있었다. 카페에서 돌아와 잠들지 못하고 뒤척이다 그는 가위눌리는 것과 비슷한 경험을 했다.

첫 징조는 오숙이 욕실에서 뭐라고 떠들면서 웃는 소리를 들은 것이었는데, 오익은 그럴 리가 없다고, 오숙은 제 방에서 자고 있다고 생각했다. 오숙과 떨어져 산 지가 오래인데 꿈에서는 오숙과 함께 살고 있었다. 그래서 오숙의 존재에 대해서는 의심하지 않았고 다만 오숙이 왜 이 시간까지 자지 않고 욕실에 있는지, 설사 욕실에 있다고 해도 벽 너머로 들려오는 오숙의 목소리와 웃음소리가 어쩌면 그렇게 가깝고 생생한지 그는 의아해할 따름이었다. 그 생생한 웃음소리의 여운과 함께 오익은 다른 꿈으로 넘어갔다. 교수임이 분명한, 아마 지도 교수인 박 선생이 아닐까 싶은 사람과 정체를 알 수 없는 서너 명이 오익을 둘러싸고 그가 무엇을 하는지 지켜보고 있는 상황이었다. 그런데 그가 그들이 요구하는 그 무엇을 하지 않으려 했거나 시간을 지체시키고 있었던 것 같았다. 그들은 망부석처럼 기다리고 있었고 그는 무엇을 해야 할지 모른 채로 머뭇거리고 있었다. 그러다 어느 순간 갑자기 그들 속에 있는 줄도 몰랐던 어떤 존재가 들개처럼 뛰어나오더니 그에게 훅 달려들어 그의 위로 올라타고 앉아 무언가를 강하게 요구하는 눈빛으로 무섭게 내려다보았다. 그 순간 박 선생과 나머지 사람들은 모두 사라지고 귀신 같은 그 존재와 자신만이 남았다. 귀신의 얼굴은 매우 크고 검붉었고 짧은 곱슬머리는 허공에 부하게 떠 있었는데 남자인지 여자인지 구별할 수 없었다. 귀신은 다부진 어깨와 두 팔로 쇠막대 같은 것을 움켜쥐고 그의 목을 짓누르려 했다. 그는 어떻게든 쇠막대를 들어 올리려 했지만 점점 힘이 빠지면서 금세라도 목울대가 부러질 듯한 위기감을 느꼈다. 억억거리던 그는, 이게 가위눌리는 것이구나 싶어 의식적으로 귀신의 존재를 삭제하자고, 사라지게 하자고, 이것은 허구라고, 꿈이 만든 허구라고 주문을 외우듯 생각했다. 그러자 놀랍게도 그 주문이 효력을 발휘했는지 귀신이 천천히 뒤로 빨려 나가듯 물러나며 흐릿해졌다. 마침내 귀신은 사라졌지만 여전히 그 잔영이 어른거렸고 무엇보다 그의 목울대를 누르던 쇠막대의 이물스러운 압박감과 그것을 막으려 힘을 준 손아귀와 손가락 마디마디에 열감이 남아 있었다. 아직도 꿈속인가, 악몽 속에 머물러 있는가 의심하며 오익은 최후의 확인을 위해 떠지지 않는 눈을 억지로 떴다.

눈을 뜨자 방 안의 낯익은 어둠이 눈에 들어왔고, 자신이 오숙과 함께 살고 있지 않다는 사실도 깨달아졌다. 잠시 후 다시 눈을 감자 탈진한 몸에 여전히 악몽의 기운이 서늘하게 남아 있었다. 오익은 쇠막대를 들어 올리는 것만큼의 안간힘을 써 굳은 몸을 옆으로 돌아눕혔다. 그렇게 몸을 움직이고 나자 간신히 악몽의 기운에서 벗어날 수 있었다. 눈을 감지 않기 위해 벽의 한 점을 뚫어지게 바라보며 오익은 그런 생각은 하지 말자, 아무 생각도 하지 말자 다짐했지만 그 생각을 떨치기는 불가능했다. 그 귀신 같은 존재는 오숙이었구나. 욕실에서 들려온 건 그 귀신의 웃음소리였구나.

전화벨이 울렸고 오익은 전화를 받았다. 어머니는 명자네 집 노인네가 귀가 먹어서 도대체 답답하기가 이루 말할 수 없다고 불평을 늘어놓았고, 세상에 벗 삼을 사람이 없다고도 한탄했다. 그러다 갑자기 아니 쟤는 왜 비를 맞고 댕기니, 우산도 있는 놈이, 했다. 예전 같으면 이건 또 누구 얘긴가 했겠지만 이제 오익은 어머니가 어디 나와 앉아 비 오는 날 우산을 든 채 비를 맞고 걸어가는 놈을 보고 있으려니 짐작했다. 그가 자정쯤 카페에 앉아 밤거리를 지나가는 사람들을 바라보며 어느 순간 그들과의 거리가 상실되는 듯한 이상한 감정에 사로잡히듯 어머니 또한 그렇게 어딘가를 내다보며 저 녀석은 왜, 저 양반은 왜, 그런 말을 중얼거리는 것이라고. 오익은 차분히 기다렸다. 오늘 어머니는 오숙에 관해 또 무슨 얘기를 할 것인가.

익이 너도 알다시피 숙이가 참 착했잖니.

드디어 시작되었다.

네.

뭣보다도 여자지만 의리도 있고.

네.

언젠가 숙이가 그러더라. 지는 엄마한테 의리를 안 지킨 적이 한 번도 없다고, 한 번도 의리를 저버린 적이 없다고. 근데 오빠는 어떤 줄 아냐면서, 그것도 아버지라고 그 인간 재혼할 때 양복 차려입고 가더라고, 지는 혀를 깨물고 죽는 한이 있어도 그런 데 갈 생각은 안 했다면서, 엄마가 어떻게 산 줄을 다 알면서 오빠는 어떻게 거길 가느냐고, 거기가 어디라고 갈 생각을 하느냐고 막 해대면서……

오익은 어머니가 오숙의 말을 빌려 자신에게 막 해대고 있다는 걸 알았다. 실제로 그는 대학원 등록금을 빌리러 아버지의 재혼식에 간 적이 있었다. 의리를 저버린 빚은 의채인가, 오익은 생각했다. 때로 어머니가 오숙의 입을 빌려 하는 말 중에는 그가 전혀 기억하지 못하는 일도 많았다. 실제로 그런 일이 있었는지 아닌지 알 수 없는 상태로, 모호한 기억과 말의 수렁에 잠긴 채로 그는 어머니의 말을 들었고, 그럴 때면 어머니가 그를 아들이 아니라 딸로 여기는 건 아닌가, 심지어 오숙으로 여기는 건 아닌가 하는 생각이 들었다.

전화를 끊고 오익은 노트북 화면을 뚫어져라 보았다.

掩襲하여오는 疲勞!

가슴치밀어오는 火氣!

쩔으고, 쏘는 苦痛!!

그의게는 이런모든것을 經驗하기는

아즉도 넉넉한 餘生이 남아잇더라.

요즘엔 오래된 자료를 들여다보는 게 힘들었다. 한 글자 한
글자씩 읽어나가는 게 마치 원채의 장부를 들여다보는 일 같
았다. 지도 교수인 박 선생은 오익이 논문에서 간과했던 것을
오익 스스로 알지 못한다는 이유로 그를 가혹하게 몰아붙였
다. 자신이 알았다면 간과했겠는가. 마찬가지로 오익은 오숙
이 얼마만 한 분노가 있었기에 그를 '너'라고 부르며 의절을 통
보하는 문자를 보냈는지 알지 못한다. 앞으로도 알 수 없을
것이다. 그는 자신이 가까운 이에게 그런 분노를 심어줄 수 있
는 사람이었다는 것을 몰랐다. 알았다면 그렇게 하지 않았을
것이다. 무지는 가장 공격받기 쉬운 대상이지만, 무지한 자는
공격 앞에서 두려워 떨 뿐 무지하여 제대로 변명조차 할 수
없다. 차라리 자신이 딸이었다면, 모든 걸 희생하고 차별받고
살아온 그런 존재였다면 오숙처럼 무섭게 돌변할 기회라도 있

었으련만, 그는 한없이 억울했다. 당장이라도 어머니에게 전화를 걸어 어머니만 그런 게 아니라 자신도 어머니를 닮아 도무지 잠을 잘 수가 없다고, 자신이 오숙처럼 되기를 바라느냐고, 앞으로 자기가 희생하고 살면 되겠느냐고 따져 묻고 싶었다.

잠시 뒤 귓속 깊은 곳에서 이상한 소리가 들려왔다. 궤헤그르륵…… 언뜻 개회 그릇이 연상되었지만 그건 말이 되지 않는다고 오익은 생각했다. 궤헤그르륵…… 계륵인가, 개굴인가. 궤헤그르륵…… 궤에 그릇이 들었다는 뜻인가. 궤헤그르륵…… 그의 두 눈이 슬슬 감겼다. 졸음이 쏟아졌다. 오익은 낮잠에 빠져들면서 자신이 결국 박사 논문을 쓰지 못하리라고 생각했다. 그런 생각을 해도 아무렇지 않고 지금 당장은 궤헤그르륵…… 그걸 알아내는 일이 훨씬 중요한 것 같았다. 푹 자고 나면 알 수도 있을 것 같았다.

돼
지
떡
이

듀
나

제1장

너의 이름은 매키트릭이야. 존 매키트릭.

지난 3년 동안 넌 홀로 퍼거슨 앤 매키트릭 탐정 사무소를 운영해왔어. 지방 검사 사무실에서 쫓겨난 너를 받아주고 2년 동안 같이 일했던 동료 에드 퍼거슨은 3년 전 보험 사기꾼을 쫓다가 건물 옥상에서 떨어져 죽었지만, 너는 그 이름을 지우지 않았지.

너는 지금 샌프란시스코 외곽에 있는 발데스 저택에 와 있어. 발데스 가문은 아직도 샌프란시스코 여러 지역에 이름이 남아 있는 오래된 집안이야. 20세기에 들어와 집안 남자들에게 온갖 불운이 닥쳤지만, 여전히 무시할 수 없는 사람들이지.

디에고 발데스 노인은 서재 구석에 놓인 안락의자에 앉아 너를 올려다보고 있어. 5년 전까지만 해도 당당하기 짝이 없던 체구는 병과 아들의 죽음을 연달아 겪은 뒤로 풍선처럼 쪼그라들었지. 실제 나이는 예순일곱 살이지만 여든이나 아흔처럼 보여. 눅눅한 냄새를 풍기는 그의 늙은 몸은 지금 당장 눈앞에서 해체되어도 전혀 이상하지 않아.

"베라가 사라졌어."

노인이 말해.

너는 베라가 누군지 알아. 2년 전 멕시코 국경 근처의 버려진 오두막에서 머리가 반쯤 날아간 후안 발데스의 시체를 발견해 보상금을 챙긴 뒤로 이 가문 일을 맡아서 해왔으니까.

베라는 베라 드미트리예브나 라주모프스카야야. 삼촌인 그리고리 일리치 라주모프스키와 함께 3년 전 샌프란시스코에 온 러시아 망명객이지. 두 사람은 발데스 노인과 친구가 되었지만, 그리고리 삼촌은 갖고 있던 귀중품들을 하나씩 발데스 노인에게 넘기고 받은 돈을 도박으로 날리다가 그냥 사라져버렸어. 홀로 남은 베라는 발데스 저택으로 들어가 딸 대접을 받았어. 그 정도면 신원이 수상쩍고 돈 한 푼 없는 젊은 러시아 여자치고는 성공한 거지.

"그냥 간 게 아니야. 라주모프스키 다이아몬드를 훔쳐 갔네."

아, 이야기는 조금 더 재미있어졌어. 너는 보석 전문가가 아니지만 라주모프스키 다이아몬드에 대해서는 어느 정도 알고 있어. 18세기에 인도에서 발견된 거대한 노란 보석. 프랑스와 독일을 거치는 동안 수많은 주인이 불운하게 죽었고 확인된 마지막 소유주는 혁명 때 자살한 블라디미르 블라디미로비치 라주모프스키 장군이었어. 그리고리 삼촌은 자신이 그 라주모프스키 장군의 친척이라고 떠들고 다녔지. 그런데 정말 그 사람이 라주모프스키 다이아몬드를 갖고 있었다고? 20년 동안 거지처럼 지내다가 샌프란시스코에 와서야 그걸 발데스 노인에게 헐값으로 팔아넘겼다고?

"진짜인지 확인해보셨습니까?"

네가 묻자 노인은 고개를 끄덕여. 하긴 네가 아는 디에고 발데스가 그런 일을 그렇게 가볍게 처리했을 리는 없어. 노인이 그걸 라주모프스키 다이아몬드라고 믿는다면 그럴 이유가 있음이 분명해.

하지만 넌 아직도 이해가 안 돼. 이 모든 일은 한없이 바보같아 보여. 그게 진짜 라주모프스키 다이아몬드이고 지금 그것이 발데스 노인의 소유라면 제값 받고 팔 수도 없는 보석을 들고 달아나 발데스 노인을 적으로 만드는 것만큼 멍청한 일이 있을까? 베라 라주모프스카야는 왜 그런 짓을 저질렀을까?

상관없어. 너는 너무 늦기 전에 다이아몬드를 찾아오기만 하면 돼. 노인은 엄청난 사례금을 약속했어. 아직도 남은 보석의 진위에 대한 의심을 날릴 정도로 어마어마한 돈을.

제2장

너는 카스트로 극장의 맨 뒤 왼쪽 구석 자리에 앉아 있어. 에

어컨에서 흘러나오는 차가운 공기를 맞으며 500명에 가까운 사람들이 스크린에 영사되는 콘스턴스 베넷과 캐리 그랜트의 유령을 넋 놓고 보고 있어.

네가 보고 있는 건 영화가 아니야. 바로 앞자리에서 쪼그리고 앉아 캐리 그랜트가 실없는 농담을 할 때마다 불안하게 키득거리는 키 작은 남자지. 남자가 극장에 들어오기 15분 전부터 너는 그 뒤를 미행했어. 들어가기 전에 잡을 수도 있었지만 너 역시 다리를 쉴 곳과 에어컨 바람이 필요했지.

영화가 끝났어. 키 작은 남자는 다른 관객들 사이에 섞여 밤거리로 걸어 나왔어. 열 발자국을 걷기도 전에 너는 남자의 왼팔을 잡아. 잔뜩 겁에 질려 뒤를 돌아보던 남자의 얼굴은 너를 보자 조금 풀어져. 너는 콘스탄틴 니콜라예비치 벨킨이 최악의 적이라고 생각하는 부류는 아니야.

콘스탄틴 벨킨은 혁명 이후 베를린과 파리를 떠돌다가 3년 전에 샌프란시스코로 왔어. 돈 많은 샌프란시스코 사람들에게 프랑스어와 브리지를 가르치고 시간이 남으면 체스 퍼즐을 만들거나 영어와 러시아어로 아무도 출판해주지 않는 음란한 소설을 써. 그동안 몇몇 수상쩍고 불쾌한 일에 말려들었는데, 거기에 대해서는 나보다 네가 더 잘 알지.

벨킨이 어떤 사람인가는 중요치 않아. 중요한 건 벨킨이 샌
프란시스코의 러시아 망명객들에 대해 빠삭하고 죽은 후안
발데스와도 친구 사이였다는 거야.

너는 벨킨을 차에 태워 롬바드 거리에 있는 네 아파트로 데
려와. 네가 건넨 위스키가 든 잔을 받아들고 소파에 조그맣
게 웅크리고 앉은 러시아인은 창밖으로 어렴풋이 보이는 코
이트 타워를 멍한 눈으로 응시하며 상황을 설명하는 너의 얼
굴을 외면해.

"라주모프스키 다이아몬드? 정말 그걸 믿어?"

이야기가 끝나자 벨킨은 흠잡을 데 없는 영국 억양으로
말해.

너는 발데스 노인이 제시한 사례금이 얼마인지 말하고, 벨
킨은 네가 그랬던 것처럼 조용히 수긍해버려.

하지만 그렇다고 그리고리 삼촌과 베라의 정체까지 믿어야
한다는 말은 아니지.

"그 사람들이 사기꾼이라는 건 당신도 알지? 라주모프스
키라니 어이가 없지. 파리와 베를린 이야기도 다 지어낸 거야.

그 동네 러시아 망명객 집단이 얼마나 좁은지 알아? 난 한 번
도 그 사람들에 대해 들은 적이 없다고. 그리고 그리고리는
몰라도 베라는 우랄산맥 서쪽으로는 가본 적도 없을걸?"

"러시아인이 아니란 말이야?"

네가 물어.

"러시아인인 건 맞아. 하지만 사투리 흔적이 남아 있어. 촌
뜨기야. 그리고 유럽이 아닌 중국에서 태어났을 거야. 십중팔
구 상하이."

"그건 어떻게 아는데?"

"후안 발데스 친구 중에 중국인이 있었잖아. 이름이 뭐더
라. 칭. 싱. 어쩌고."

잠시 침묵이 흘러. 벨킨은 네가 흐려진 기억을 되살리고 있
다고 생각하겠지.

"그런데?"

"베라와 아는 사이었어. 파티에서 둘이 이야기하는 걸 들었
어. 내가 가까이 가려니까 멈추고 모른 척하더군."

"뭐랬는데?"

"몰라. 중국어였으니까. 적어도 그렇게 들렸어."

넌 머리를 굴리기 시작해. 넌 중국에 대해선 아는 게 없어. 하지만 지금 거기서 뭔가 험악한 일이 일어나고 있다는 것은 알지.

"스파이일까?"

"아닐걸. 그냥 사기꾼일 거야. 아, 그리고 베라에겐 남자가 있었어. 프랑스인 화가야. 반년 전인가 샌프란시스코에 왔는데, 둘이 아고시 서점 안에서 딱 붙어 있는 걸 내가 봤지. 발데스 집안에도 드나들었으니 너도 얼굴을 봤을걸. 로제 플라비에르. 돈 좀 있는 집안 출신인데 흑인 피가 조금 섞였지. 할머니 한 명이 마르티니크 출신이라고 들었어. 잘 보면 티가 나. 실력은 별로지만 돈이 있는데 그게 뭐가 중요할까."

"그런 걸 어떻게 다 알아?"

"잘 풀리는 동포가 있으면 이런 건 알아두는 게 좋지. 아, 그리고 이걸 알아? 플라비에르는 샌프란시스코를 떠났어. 예술적 영감을 얻는다고 중국으로 갔지. 나 같으면 열흘 전 떠난 홍콩행 골든 보우 호 승객 명단을 검토해보겠어."

제3장

보름 뒤, 너는 요코하마에 있어.

벨킨의 정보가 조금 틀렸어. 베라와 프랑스인 화가는 홍콩 대신 요코하마에 내렸고 열차로 도쿄에 갔어. 그리고 둘은 임페리얼 호텔이라는 곳에 머물고 있지. 각각 다른 층의 다른 방을 쓰고 있고. 너는 이 모든 것을 샌프란시스코를 떠나기 전에 알아냈어. 전신 기술과 전부터 알고 지냈던 콘티넨털 탐정소의 뚱보 탐정 덕택이었지. 한동안 콘티넨털 소속이었던 중국계 미국인이 지금 도쿄에 살고 있어.

넌 지금 기진맥진해 있는 상태야. 넌 단 한 번도 네가 이렇게 심한 뱃멀미를 앓을 거라고는 생각하지 못했어. 하긴 멕시코를 제외하면 다른 나라에 가본 적이 없지. 대양을 가로지르는 여행은 난생처음 겪어보는 대모험이었고 넌 배 안에 갇힌 며칠 동안 죽는 줄 알았어.

"미스터 매키트릭?"

동그란 안경을 쓴 정장 차림의 빼빼 마른 남자가 네 이름을 부르며 모자를 흔들어. 넌 뚱보 탐정이 준 사진으로 남자의 얼굴을 알아봐. 지미 첸. 베라의 거처를 대신 알아낸 중국인이야. 남자는 자기가 타고 온 낡은 포드 차 안에 너와 짐을 밀어 넣어.

너는 흔들리며 달리는 자동차의 왼쪽 조수석에 앉아 네가 막 도착한 나라를 훑어봐. 종이로 접은 것 같은 작은 나무 건물들과 유럽식 석조 건물들이 네가 알 수 없는 규칙 속에서 뒤섞이다가 진흙물이 고인 논들로 바뀌어. 해가 지고 있었지만, 날은 후텁지근하고 네 몸은 오래전에 땀으로 흠뻑 젖었어.

지미 첸은 운전하는 동안 계속 떠들어댔지만, 비몽사몽 상태인 너는 그 대부분을 흘려버려. 첸이 베라와 프랑스인 화가를 어떻게 찾아냈는지, 네가 올 때까지 그들을 어떻게 미행하고 그 일거수일투족을 어떻게 감시했는지. 대부분 쓸데없는 정보야. 네가 알 필요가 있는 건 베라가 여전히 그 호텔에 머물고 있다는 사실뿐이야.

저녁 9시를 넘긴 뒤에야 네가 탄 차는 도쿄에 도착해. 휘청거리며 차에서 내린 너는 네가 머물 호텔을 올려다봐. 크지는 않지만 우아하고 날렵하게 지어졌고 안은 깔끔해. 지미 첸은 너를 3층 방으로 안내하고 떠나.

너는 샤워를 하고 샤워 가운을 입은 채로 침대에 누워. 밤이 되었지만 호텔 방은 여전히 후텁지근해. 간신히 잠이 든 너는 꿈을 꿔. 베라와 디에고 노인과 지미 첸이 일본어로 떠들어대며 끝없이 이어지는 나선계단을 오르고 있고 너는 헐떡거리며 그들의 뒤를 쫓고 있어.

너는 잠에서 깨어나. 그동안 비가 내렸고 배 안에서부터 지긋지긋하게 너를 따라다니던 더위는 조금 수그러들었어. 샤워와 면도를 하고 새 옷으로 갈아입고 흔들리지 않는 땅에 서니 다시 정상적인 인간으로 돌아온 기분이야.

늦은 아침을 먹고 로비에서 『더 저팬 타임스 앤 메일』을 읽으며 기다리고 있자니 지미 첸이 나타나. 너는 맑은 정신으로 상황을 검토해. 화가는 이틀 전 수채화 도구를 챙겨 들고 도쿄를 떠났어. 베라는 호텔에 남았고 오후에 영화나 연극을 보러 외출해. 첸은 이미 호텔 메이드 한 명을 매수해놨어. 오늘도 베라가 오후 외출을 나가면 방을 털어보는 거지.

너는 지미 첸과 함께 여행자용 지도를 들고 호텔 밖으로 나와. 드디어 넌 맨정신으로 어제 도착한 도시를 봐. 낯선 문자가 그려진 간판을 걸고 있는 신식 건물들과 그 사이를 분주하게 지나가는 표정 없는 동양인들의 행렬. 넌 마치 걸리버가 된 기분이야. 정상성이 뒤집혔어. 너는 여기서 낯선 짐승이야.

너와 지미 첸은 지도를 따라 임페리얼 호텔까지 걸어가. 여섯 블록 떨어진 곳에 있는 그 호텔은 엎드린 공룡처럼 거대해. 너는 베라가 머무는 방의 위치와 호텔 주변 지형지물을 확인해. 그리고 다시 호텔로 들어가 로비 구석에 앉아.

오후 5시가 조금 지나자 베라 라주모프스카야가 내려와. 네가 기억하는 것보다 조금 더 키가 큰 것 같고 발데스 저택에서보다 살짝 화려한 차림이야. 하지만 여전히 멋없는 도서관 사서 안경을 쓰고 있고 주눅 든 표정도 그대로야.

베라가 떠나자 너와 첸은 베라의 방으로 올라가. 두 시간 동안 치밀한 수색이 진행돼. 하지만 허탕이야. 양탄자 밑에서부터 천장 전구까지 뒤졌지만 라주모프스키 다이아몬드는 이곳에 없어.

그럼 어디에 있을까? 호텔 바깥 어딘가에 숨겼을까? 프랑스 화가가 갖고 있을까? 아니면 베라가 들고 간 낡은 핸드백 안에 들어 있을까?

"순서대로 하나씩 확인해보는 방법밖에 없습니다."

방을 나오면서 지미 첸이 말해.

"먼저 숙녀분을 텁시다. 도와줄 사람을 압니다. 내일까지는 모을 수 있어요. 극장에서 돌아오는 길에 해치웁시다. 근처에 작업할 만한 곳도 있어요."

너는 이 중국인이 어쩌다가 콘티넨털 탐정소를 떠났는지, 장거리 전화 속 뚱보 탐정 목소리가 왜 그렇게 불편하게 들렸는지 궁금해지기 시작해. 하지만 다른 방법이 있을까? 너는 빨리 일을 끝내고 이 이상하고 불편한 나라에서 떠나고 싶어. 샌프란시스코로 돌아가 익숙한 익명성을 되찾고 싶어.

지미 첸은 떠나고 너는 로비로 돌아가. 아까 앉아 있던 구석 소파에 자리를 잡고 찌그러진 담뱃갑에 하나 남은 럭키 스트라이크 담배를 꺼내 불을 붙여 피우며 베라의 얼굴을 떠올려. 아까 본 베라가 아닌, 2년 전 발데스 저택 복도에서 처음 마주쳤던 베라. 도서관에서 빌려 온 필리스 벤틀리의 소설을 아기처럼 안은, 커다란 안경 뒤에 겁먹은 표정을 숨기고 있던 열여덟 살 여자아이. 너는 늘 코와 볼이 불그스레했던 그리고리 삼촌의 넓적한 얼굴을 떠올려. 맞아. 두 사람은 전혀 닮지 않았어. 친척이라고 생각했던 것 자체가 어처구니없지.

둘은 어디서, 어떻게 만났을까? 언제부터 이 아무짝에도 쓸모없는 계획을 짰던 걸까? 지금 그리고리는 어디 있을까? 살아 있긴 할까?

11시 2분에 베라가 돌아와. 혼자가 아니야. 스케치북과 여행 가방을 든 남자가 동행이야. 로제 플라비에르야. 돌아오는 길에 만난 걸까? 아니면 처음부터 남자를 만나러 나간 걸까? 남자는 베라를 보며 웃고 있어. 사진만 봤을 때는 잘 몰랐지만 실제로 보니까 흑인 피가 섞인 걸 알겠어. 둘은 허겁지겁 신문으로 얼굴을 가린 네 옆을 지나쳐 엘리베이터 쪽으로 걸어가. 너는 엘리베이터 문이 닫히는 걸 보고 자리에서 일어나.

다음 날 저녁, 지미 첸은 호텔에서 두 블록 떨어진 상가 건물 지하실에 너를 데려가. 구석에 쌓여 있는 역한 냄새가 나는 나무통 몇 개와 허름한 여름옷 차림의 다섯 남자를 제외하면 안은 텅 비어 있어. 남자 하나는 어이없을 정도로 커다란 문신을 하고 있고 한 명은 새끼손가락 하나가 없는 것 같아. 지미 첸은 네 귀에도 서툴게 들리는 일본어로 요란하게 인사를 해. 다행히도 문신한 남자는 그럭저럭 괜찮은 영어를 구사해. 아마 지미 첸이 '도와줄 사람'이라고 한 바로 그 남자겠지.

"숙녀분은 얼마 전에 영화관에 들어갔습니다."

지미 첸이 너에게 말해.

"베티 데이비스와 험프리 보가트가 나오는 영화인데 별로 안 깁니다. 광고, 뉴스 다 합쳐도 두 시간 뒤면 나올 겁니다. 지금까지 숙녀분은 영화관에서 호텔까지 걸어갔고 늘 여길 지나쳤습니다. 식은 죽 먹기죠. 최대한 점잖게 하겠습니다. 저 친구들에게 사진이나 보여주시죠."

너는 지갑에서 베라의 사진을 꺼내 일본인들에게 내밀어. 문신한 남자가 던힐 라이터를 켜서 사진을 밝히고 남자들은 음탕하게 웃어대. 너는 사진을 다시 지갑 안에 넣고 양복 안에 감춘 콜트 32구경을 만지작거려. 뭐라고 말할 수 없지만, 분위기가 이상해. 너는 이 동양 남자들을 믿을 수가 없어.

째각째각 시간이 흘러가. 너는 모퉁이에 놓인 어처구니없이 작은 나무 의자에 엉덩이를 걸치고 앉아 남자들을 노려 봐. 문신한 남자는 라이터를 켰다 껐다를 반복하면서 네 신경을 긁고 있어. 지미 첸은 가로등 빛이 들어오는 창 밑에서 낡은 만화책을 읽고 있어. 나머지 남자들은 번갈아 너를 바라보다 가끔 서로에게 일본어로 뭐라고 지껄여.

한 시간 반이 지나자 남자 둘이 지미 첸과 함께 지하실을 떠나. 한동안 길게 흐르던 침묵은 문신한 남자의 걸걸한 목소리로 깨져.

"어이, 미국인. 이 일로 얼마나 받나?"

"충분히."

"그만한 가치가 있는 일인가?"

막 대답을 하려는데 발소리가 들리고 문이 열려. 너는 입을 반쯤 벌린 채 문 쪽으로 시선을 돌려. 지미 첸과 두 남자가 데려온 건 베라가 아니야. 깔끔한 정장 차림에 더부룩한 머리의 젊은 남자야. 처음 봤어. 아니야, 어딘지 모르게 익숙해. 아, 이 비슷비슷하게 생긴 황인종들.

젊은 남자는 옅은 미소를 지으며 네 앞으로 다가와. 창에서 들어오는 불빛으로 얼굴 반쪽만 푸른빛으로 희미하게 반짝이고 있어. 너는 필사적으로 저 얼굴을, 저 비슷한 얼굴을 어디서 보았는지 떠올리려 기를 쓰고 있어.

갑자기 쩍 하는 소리가 나고 눈앞이 번쩍거려. 남자가 아무런 예고도 없이 네 뺨을 후려갈긴 거야.

"도쿄에 잘 왔소. 미스터 매키트릭."

남자가 영어로 말해.

그와 동시에 은근슬쩍 네 뒤로 물러나 있던 남자 둘이 갑자기 네 양팔을 잡아. 문신한 남자는 가지고 놀던 라이터를 주머니에 넣더니 주먹으로 네 배를 쳐. 네가 신음을 지르며 앞으로 고꾸라지자 남자들은 너를 문 쪽으로 질질 끌고 가.

문가에 도착하자 너는 몸을 세우고 왼발로 왼쪽 남자의 오른발을 밟아. 남자의 몸이 기우뚱하게 흔들리자 너는 왼팔을 풀고 주머니에서 권총을 꺼내 쏴. 오른쪽 남자가 비명을 지르며 네 팔을 풀어. 양팔이 자유로워진 너는 권총을 잡고 달려오는 남자들을 쏴. 다섯 발의 총성이 울리고 그때마다 지하실은 번쩍거려. 총알이 떨어지자 너는 두 시간 전부터 눈여겨보고 있던 나무통 옆 쇠 지렛대를 들고 남자들에게 휘둘러.

오 분 뒤, 지하실은 조용해져. 너는 창가에 쓰러져 신음하고 있는 문신한 남자의 주머니에서 라이터와 담배를 꺼내. 담배에 불을 붙이고 라이터 불빛으로 지하실을 둘러봐. 왼쪽 눈에 총알을 맞은 젊은 남자가 큰대자로 쓰러져 죽어 있어. 지렛대에 얼굴을 맞아 피투성이가 된 시체는 지미 첸인 거 같아. 너는 배에 총을 맞고 문가를 향해 기어가는 새끼손가락

없는 남자의 머리를 지렛대로 후려쳐.

요란한 일본어와 함께 차 엔진 소리가 들려. 너는 계단을 올라 건물 밖으로 뛰어가. 지미 첸의 포드 차가 막 모퉁이를 돌고 있어. 그리고 넌 차가 사라지기 직전에 정신을 잃고 뒷좌석에 늘어져 있는 베라 라주모프스카야의 얼굴이 가로등 빛을 받아 하얗게 반짝이는 것을 봐.

너는 다시 지하실로 돌아와. 네가 만든 세 구의 시체를 지나 아직도 끙끙거리며 신음하고 있는 문신한 남자에게 다가가. 너는 남자의 배에 난 총구멍에 지렛대를 쑤셔 넣으며 외쳐.

"말해. 베라를 어디로 데려간 거지?"

남자는 입으로 피를 쏟으며 뭐라고 말하지만 알아들을 수가 없어. 네가 총구멍에 박힌 지렛대를 힘주어 돌리자 남자는 꿀렁거리는 비명을 지르다 피를 뱉고 간신히 대답해.

"게이조. 여자는 게이조로 데려갔어."

너는 지렛대를 뽑아 집어 던지고 짜증 섞인 목소리로 되물어.

"게이조? 게이조는 또 어디야?"

제4장

이틀 뒤, 너는 게이조에 있어.

다시 바다를 건너야 했어. 배에서 내려 덜컹거리는 기차를 타고 또 한참 올라가야 했지. 도쿄는 그래도 이름은 아는 곳이었어. 넌 지금 이틀 전에는 존재하는지도 몰랐던 낯선 도시에 있어.

역에서 내린 너는 주변을 둘러봐. 종종걸음으로 걸어가는 기모노를 입은 여자들, 검은 제복을 입은 군인들, 자전거를 타고 가는 하얗고 헐렁한 옷을 입은 남자들, 전차들, 자동차들, 인력거들, 익숙한 매연을 뿜어대는 굴뚝들과 이상한 냄새를 풍기는 노점 음식들. 도쿄와 비슷하면서도 다른데, 어떻게 다른지 모르겠어. 더 산만하고 시끄럽고 지저분하고. 전체적으로 사람들이 좀 성이 나 있는 것 같아.

미치도록 더워. 도쿄보다 더 더운 것 같아. 네 양복은 이미 땀으로 흠뻑 젖었고 항구에서 짐을 잃어서 갈아입을 옷도 없어. 행인들이 흘낏흘낏 너를 훔쳐봐. 네가 백인이기 때문일까, 네 몸에서 나는 냄새 때문일까.

너는 택시를 잡고 운전사에게 문신한 남자가 죽기 전에 준 수첩에서 뜯어낸 종이를 내밀어. 운전사는 고개를 끄덕이고 차는 출발해. 택시는 역과 백화점과 은행이 있는 도심을 떠나 예스러운 돌담들로 이루어진 좁은 미로로 들어가.

택시에서 내린 너는 지도와 쪽지를 번갈아 보며 위치를 확인해. 지도를 봐도 여기가 맞고. 쪽지에 쓰인 것과 비슷한 글자가 문패에도 새겨져 있어. 문신한 남자의 말이 맞다면, 베라는 돌담 너머에 웅크리고 있는 저 검은 기와집에 감금되어 있어.

이제 무얼 해야 하지? 너도 잘 모르겠어. 담을 넘어 안으로 들어가야 하나? 다음엔? 네 목표는 뭐지? 라주모프스키 다이아몬드? 아니면 베라 라주모프스카야?

"누구십니까?"

투박한 영어가 등 뒤에서 들려. 너는 뒤를 돌아봐. 검은 양복을 입고 중절모를 쓴 키 작은 남자가 너에게 다가오고 있어. 너는 웃음이 터져 나오는 걸 간신히 참아. 조그만 콧수염에서부터 뒤뚱거리는 팔자걸음에 이르기까지, 남자는 채플린과 딱 닮았어. 일본인 채플린. 아니, 여기가 일본이긴 하던가?

"누구십니까? 여긴 제 집입니다만."

남자는 다시 물어.

너는 잠시 망설여. 샌프란시스코에서라면 넌 어떻게든 진실을 감추려고 했을 거야. 하지만 너는 지금 너무 지쳤고 어이가 없고 겁에 질렸어. 채플린은 우스꽝스러운 외모와는 별도로 유럽식 교양인의 분위기를 풍겼고 넌 그게 왠지 모르게 안심이 돼.

"안녕하십니까. 전 존 매키트릭이라고 합니다. 미국에서 온 사립 탐정입니다."

너는 최대한 정중하게 보이려 애쓰면서 땀에 젖은 손을 내밀어. 채플린은 잠시 미심쩍은 얼굴로 너의 얼굴과 손을 번갈아 바라보다 가볍게 네 손을 잡아.

"반갑습니다. 전 서영호라고 합니다. 작가입니다. 그런데 무슨 일이신지?"

"전 실종된 러시아 귀족 여자분을 찾고 있습니다. 제가 얻은 정보에 따르면 이곳에 감금되어 있습니다."

채플린은 몸을 앞으로 당겨 네가 내민 쪽지를 꼼꼼하게 읽더니 고개를 흔들어.

"이 집 주소가 맞습니다. 하지만 러시아 숙녀분은 없다고 장담할 수 있습니다. 어젯밤부터 여기 있었는데, 이 집엔 저뿐입니다."

"그 전엔 어디 계셨습니까?"

"친구를 만나러 도쿄에 갔었습니다. 원래는 한 달 정도 더 머물 생각이었지요. 하지만 제 하인의 아버지가 위독하시다고 해서 같이 돌아왔습니다. 하인은 집에 갔고 저 혼자뿐이지요."

남자는 재미있다는 듯 미소를 지어.

"이런 일이 없었다면 이 집은 한 달 동안 비어 있었을 겁니다. 그렇다면 이 사실을 아는 누군가가 이 집을 자기 목적을 위해 사용하려 했을 수도 있습니다. 선생의 의심도 일리는 있습니다. 들어오시겠습니까? 사정을 듣고 싶군요."

채플린은 주머니에서 열쇠를 꺼내 나무 문을 열어. 문을 열자 1930년대식 개량 한옥이 눈에 들어와. 물론 너에게 개량 한옥이란 아무 의미가 없는 용어지. 개량 한옥 이전의 그냥 한옥이 어떻게 생겼는지도 모르니까. 너는 남자를 따라 구두를 벗고 집 안으로 들어가.

너는 채플린이 권한 가죽 소파에 털썩 주저앉아. 남자는 잠시 부엌에 들어갔다가 얼음물이 든 컵을 가져와. 너는 사막에서 막 탈출한 사람처럼 물을 들이켜.

"제가 탐정소설을 씁니다."

채플린이 말해.

"이 나라에 한 세 명 정도밖에 없는 탐정소설 전문 작가지요. 그래서 선생을 만나니 반갑기 짝이 없습니다. 조선 땅에서 진짜 미국 사립 탐정을 만날 수 있다고는 상상도 못 했습니다. 괜찮으시다면 무슨 사연인지 들려주시겠습니까?"

너는 이야기를 시작해. 발데스 저택에서 시작해서 도쿄의 지하실에서 끝나는 긴 이야기를. 단지 넌 결말 부분을 각색해. 지하실은 차고로 바뀌었고 넌 아무도 죽이지 않았어.

꼼꼼하게 네 이야기를 들은 남자는 고개를 끄덕여.

"선생 말을 전적으로 믿습니다. 왜 그런지 아십니까?"

채플린은 소파 앞 커피 테이블 밑에서 일본어 신문을 꺼내 중간을 펼쳐 네 눈앞에 들이대. 네가 어리둥절한 표정을 짓자, 남자는 신문 기사를 천천히 읽어.

"'데이코쿠 호텔에서 벌어진 참혹한 살인 사건'. 데이코쿠는

임페리얼이란 뜻입니다. '오늘 아침, 도쿄 데이코쿠 호텔에서 잔인하게 난자당한 시체가 발견되었다. 피해자는 저명한 프랑스 화가 로제 플라비에르이다…….'"

"뭐라고요?"

"기사에 따르면 사망 시각은 전날 오후 4시에서 6시 사이인 것 같다고 합니다. 그 러시아 숙녀분이 호텔을 떠나기 전에 이미 살해당한 것이지요. 더 재미있는 게 있습니다. 플라비에르 씨는 칼에 찔려 죽어가면서 메시지를 남겼습니다. 자기 피를 찍어 정체불명의 도형을 바닥에 그리고 팔로 덮어서 살인범은 보지 못했습니다. 오각형이었다고 하더군요. 위가 좁은 사다리꼴 밑에 정삼각형을 붙인 것 같은 모양이라고 합니다. 다이아몬드 모양 아닙니까. 제가 생각하기에 플라비에르 씨는 살인자가 누군지 몰랐습니다. 하지만 자기가 중요하다고 생각하는 단서를 남기기로 결심했고 그게 다이아몬드였던 것입니다. '나는 라주모프스키 다이아몬드 때문에 죽는다.'"

너는 채플린이 커피 테이블에 내려놓은 신문을 노려봐. 칼로 짧게 그은 것 같은 저 낯선 글자들이 정말로 저 이야기를 담고 있을까? 자칭 탐정소설 작가라는 저 우스꽝스러운 남자가 네가 들려준 이야기를 바탕으로 공상해서 지어낸 게 아닐까?

네가 뭐라고 생각하건 채플린은 느릿느릿 이야기를 계속해.

"러시아 숙녀분을 납치한 악당들은 이 집이 한동안 비어 있을 거라는 사실을 알고 있었습니다. 그렇다면 적어도 한 명은 제가 아는 사람이거나 그 사람의 지인일 것입니다. 유감스럽게도 저는 아는 사람이 많습니다. 그중엔 수상쩍은 사람들도 있습니다. 저는 탐정소설 작가니까요.

그런데 이상한 점이 하나 있습니다. 이 주소를 주었다는 문신한 남자는 숙녀분이 경성, 그러니까 게이조로 온다는 걸 알고 있었습니다. 그냥 목표가 보석뿐이었다면 이상하지 않습니까? 보석을 빼앗은 뒤엔 숙녀분은 아무 소용이 없었을 텐데요. 그분을 게이조로 데려와야 할 특별한 이유가 있었을 겁니다. 궁금하군요. 혹시 아직도 사진을 가지고 계십니까?"

너는 주머니에서 지갑을 꺼내 베라의 사진을 내밀어. 채플린의 얼굴은 웃으려는지 울려는지 알 수 없는 모호한 긴장 속에서 1, 2초 동안 굳어버려.

"이 여자분이 자길 베라 드미트리예브나 라주모프스카야

라고, 러시아 망명 귀족이라고 했던 말입니까?"

네가 고개를 끄덕이자, 채플린은 미친 것처럼 웃어대.

"이 사람은 황순옥입니다! 상하이 황과 미치광이 폴란드 여자 사이에서 태어난 사생아란 말입니다!"

제5장

채플린은 옆에 놓인 책장에서 두꺼운 책을 한 권 뽑더니 그 안에서 사진 한 장을 꺼내 커피 테이블 위에 올려놓아. 베라 야. 단지 네가 아는 베라보다 다섯 살 정도 어려 보이고 안경을 쓰고 있지 않아.

"15년 전 사진입니다. 황순옥은 지금 서른하나, 아니, 당신네 나이로는 서른입니다. 십 년이나 나이를 깎았는데 정말 몰랐습니까?"

"어떻게 베라를 알고 계십니까?"

"먼 친척 됩니다. 상하이 황, 그러니까 황만식의 형이 제 사촌의 장모와 재혼했습니다. 직접 만난 적은 없습니다만."

"그런데도 사진을 가지고 계시는군요."

"조선은 재미없는 땅입니다. 조선 사람들도 재미없습니다. 하지만 황만식과 황순옥은 재미있지요. 탐정소설을 쓰면서 어떻게 이 소재를 무시하겠습니까?"

채플린은 다시 소파에 앉더니 이야기를 시작해.

"긴 이야기입니다. 때는 1905년. 러시아와 일본이 동북아의 주도권을 놓고 전쟁을 벌였습니다. 당시 중국어 역관의 아들이었던 황만식은……."

어쩌고저쩌고. 더럽게 기네. 대충 줄일게. 황만식은 상하이에 갔다가 거기 정착했는데, 거기서 수많은 중국인, 일본인, 러시아인을 죽이고 부자가 됐어. 그리고 미치광이 폴란드 여자를 만나 동거했는데 여자는 황순옥을 낳다가 죽었어.

"그 여자가 미쳤다는 걸 어떻게 아십니까?"

네가 물어.

"미치지 않고서야 조선 남자의 첩이 되겠습니까?"

채플린이 대답해.

황만식은 딸을 알고 지내던 러시아인 엔지니어에게 맡겼어. 그리고 아내가 기다리고 있는 게이조로 돌아왔고 아들 둘이 태어났어. 황순옥은 상하이에서 과격파 무리와 어울려 지냈고 몇 년 전 상하이를 떠나 홍콩으로 갔는데……. 그 뒤에 끝없이 이어지는 이야기는 아무래도 흐릿한 몇몇 뜬소문을 바탕으로 창작한 탐정소설 작가의 망상 같아. 어떻게 한 사람이 그 짧은 기간 동안 그렇게 엄청난 일들을 연달아 겪을 수 있단 말이야?

"베라가 왜 미국으로 갔다고 생각하십니까?"

"아무래도 돈 때문이 아니겠습니까? 분명 일본 정부를 상대로 뭔가 엄청난 일을 꾸미고 있었을 거고 자금이 필요했을 겁니다. 그리고리는 같은 패거리 동료였겠지요."

"라주모프스키 다이아몬드는?"

"황순옥이 그런 걸 가지고 있었을 리가 없지 않습니까?"

"하지만 디에고 발데스 노인은 그렇게 쉽게 속을 사람이 아닙니다! 그리고 살해당한 로제 플라비에르와 메시지는요?"

넌 겁이 나. 이 모든 게 가짜라면 넌 지금까지 무엇을 쫓고 있었던 거지? 무엇 때문에 사람들을 죽였던 거지? 디에고 발데스는 너에게 사례금을 줄 생각이 있기는 했던 걸까?

바깥이 시끄러워져. 일어나 마당 쪽 미닫이문을 살짝 열고 밖을 내다본 채플린은 고함을 질러.

"달아나요! 여긴 제가 맡겠습니다. 전 유도와 바리츠를 할 줄……."

동양의 신비한 무술이 너를 지켜줄지도 모른다는 희미한 기대는, 채플린이 미닫이문을 열고 들어온 험악한 남자 한 명의 곤봉에 머리를 맞고 큰대자로 뻗어버리면서 싱겁게 끝나. 너는 총을 뽑으려 하지만 두 남자가 이미 권총으로 네 머리를 겨누고 있어. 남자 하나가 네 몸을 더듬어 권총을 빼앗고 다른 남자 하나가 네 머리에 포대를 씌우고 두 팔을 묶어. 누군가가 너의 오른팔을 주사기로 찌르고 너는 정신을 잃어.

넌 다시 정신을 차려. 포대는 벗겨졌지만, 의자에 팔다리가 결박되어 있어. 역한 냄새가 나는 창고이고 창밖을 보니 이미 밤이야. 멀리서 꿱꿱거리는 짐승 울음소리가 들려. 여긴 도시가 아니야.

네 눈앞에는 베라 라주모프스카야가 등 없는 의자에 앉아 있어. 이제 안경을 쓰고 있지 않아. 아까 사진을 볼 때만 해도 몰랐지만, 지금은 알겠어. 안경은 베라가 동양계 혼혈이라는 사실을 감추어준 변장이라는 것을.

베라 뒤에는 낯선 동양 옷을 입은 늙은 남자가 앉아 있어. 하얀 턱수염을 길게 길렀고 대머리야. 혼탁해진 눈을 보아하니 거의 장님이야. 노인은 들고 있는 나무 지팡이로 바닥을 툭툭 치고 있어. 그 뒤로는 아까 채플린의 집으로 침입해 너를 끌고 온 남자들이 병풍처럼 서 있어.

"미스 라주모프스카야, 발데스 선생이 찾고 있습니다."

네가 간신히 말하자 베라는 코웃음을 쳐.

"아직도 그 거짓말을 믿고 있었나요? 지금쯤이면 제가 그런 다이아몬드 따위는 갖고 있지 않다는 걸 눈치챘을 줄 알았는데? 이 모든 게 사립 탐정 존 매키트릭을 조선으로 데려오려는 음모였다는 걸 아직도 모르겠어요?"

"도대체 왜요?"

"당신이 내 동생을 죽였으니까!"

베라가 짧게 지른 외침과 함께 넌 2년 전 멕시코 국경 근처에 있던 그 오두막으로 돌아가. 머리가 날아간 후안 발데스 옆에서 총구를 물고 덜덜 떨고 있던 그 중국인. 너는 들고 있던 권총의 탄창이 빌 때까지 중국인의 머리와 배를 쐈어.

"동생은 어차피 죽을 계획이었어. 나에게 유서까지 남겼지.

동생과 후안이 애인 사이라는 것, 두 사람 모두 병적으로 감상적인 바보들이란 걸 알아서 유서를 읽었을 때는 그냥 그런가 보다 했어. 하지만 당신이 발견한 건 후안의 시체뿐이었지. 나와 그리고리가 들짐승에게 뜯어 먹힌 동생의 시체를 찾느라 얼마나 애를 먹었는지 알아? 동생 머리에 박힌 총알의 주인을 확인하느라 얼마나 애를 먹었는지도? 도대체 왜 그런 거야? 어차피 죽을 애를 왜 죽였어?"

"더러웠어! 그냥 더러웠어!"

"그게 전부야?"

너는 고개를 끄덕여. 사실이니까. 너는 네 앞에서 징징거리는 중국인 호모 새끼가 진짜로 더러웠어. 쏴 죽이는 것 이외엔 아무 생각도 안 났어.

베라는 한심하다는 듯 혀를 차. 잠시 달아올랐던 얼굴은 다시 차가워져.

"당신이 동생을 죽이자 일이 어떻게 돌아갔는지 알아? 우린 디에고 발데스를 등쳐먹지 않아도 됐어. 내 구두쇠 아버지가 동생을 죽인 범인을 끌고 오는 사람에게 2만 달러의 현상금을 주겠다고 했으니까. 디에고 노인을 시켜 당신에게 미끼를 던지는 것처럼 쉬운 일은 없었어. 그 영감은 나를 진짜로 좋아하니까. 내가 사기꾼이라는 걸 알면서도 계속 좋아했어.

당신을 도쿄까지 데려오는 건 쉬웠어. 하지만 중간에 일이 틀어졌지. 나만큼 돈이 궁했던 내 다른 동생이 현상금을 노리고 경쟁하고 있었어. 그 녀석을 당신이 죽여줘서 일이 또 쉬워졌고 나는 나를 납치한 동생 부하들을 고용했어. 그리고 당신 현상금은 두 배로 올랐지. 이제 4만 달러야. 그 돈으로 우리가 뭘 할 수 있는지 알아?"

"플라비에르는?"

"도쿄까지 이어지는 단서를 찾기 쉽게 하려고 눈에 뜨이는 사람을 골랐어. 누가 죽였는지는 나도 몰라. 지미 첸과 일당들이 다이아몬드 이야기를 지나치게 심각하게 믿었나보지. 플라비에르도 내 말을 믿었거든. 그렇게 머리가 좋은 사람이 아니었어.

더 할 말도 없네. 아버지를 소개할게. 아빠, 존 매키트릭이에요."

베라는 너를 돌아다보지도 않고 문을 열고 나가. 아직 궁금한 게 한참 남았지만 너는 영원히 그 궁금증을 해소할 수 없다는 걸 알아.

노인이 일어나 손짓을 하자 남자 하나가 축음기를 켜. 지직거리는 잡음과 함께 감상적인 낯선 노래가 흘러나와. 노인은 지팡이를 짚고 일어나 너에게 다가와. 일어나보니 정말로 키가 커. 넌 동양 남자가 이렇게 클 수도 있다고는 상상도 하지 못했어.

노인은 이제 커다란 손으로 네 얼굴을 어루만지기 시작해. 손은 애무하듯 목을 타고 가슴과 배로 내려가. 표적을 확인하자 노인은 오른손을 내밀어. 부하 중 한 명이 번뜩이는 긴 칼을 가져와. 노인은 징그럽게 웃어대며 네 몸에 올라타고는 칼로 네 가슴과 배를 찔러대. 흔들리던 의자는 결국 다리가 부러져 뒤로 나자빠지고 피투성이가 된 너와 노인의 몸은 교미하는 짐승들처럼 하나로 뒤엉켜.

'원숭이 새끼들.'

너는 생각해.

'더러운 노란 원숭이 새끼들.'

그리고 너는 죽어. 이름도 모르는 나라의 창고 바닥에 쓰러져 네 피와 오줌과 내장의 냄새를 맡으며. 너의 토막 난 시체

를 뜯어 먹을 돼지들의 울음소리를 배경으로 깔고 흘러나오
는 이난영의 「목포의 눈물」을 들으며.

펄럭이는 종이 스기마쓰 성서

박솔뫼

어제 본 전시는 조선 시대 말 박해받던 기독교인들이 종이에 성서를 옮겨 적어 각자 보관하며 성경 말씀을 나누었다는 자료에서 시작된 것이었다. 작가는 조선 말기 농민들의 생활에 관해 자료 수집을 하던 중 두세 줄 정도로 짧게 기록된 해당 내용이 그 후로도 계속 기억이 났다고 하였다. 이후 작가는 그들이 어떤 식으로 성서를 옮겨 적었으며 보관된 성서의 부분들은 어떤 형태였을지 시각화하여 구현하고자 하였다고 했다. 전시장은 부산 중구 골목길 안에 있는 마당이 딸린 오래된 집이었다. 이걸 한옥이라고 하면 좋을지, 오래된 가정집 정도로 말하면 좋을지 아무튼 오래전 시골 할머니 댁처럼 마루와 나무 기둥이 남아 있는 집이었다. 그러나 이것이 '전통 한옥'으로 분류되어 보존되는 그런 집들처럼 어떤 조건들을 충족시키고 있는지는 잘 모르겠다. 그래도 이 정도 오래되었으면서 단정한 집은 요즘은 찾아보기 힘들 것이라는 생각이 들었다. 전시장의 문이자 원래는 집이었던 곳의 문은 평범한 철제 대문이었는데 공간에 전반적으로 나무와 종이가 드러나게 하고 싶어서였는지 외부를 얇은 나무 판으로 감싸, 전시장을 들어올 때는 철제문이 보이지 않게 처리되어 있었다. 그렇게 나무 문으로 바뀐 전시장의 문을 열고 들어가면 부드럽지만은 않은 부산의 봄바람에 여러 장의 종이들이 나무 기둥과 벽에 붙어 흔들리고 있었다. 먹으로 쓴 한글과 한자가 섞인 여러 구절들이 바람에 펄럭였다. 신기할 정도로 종이들은 모두 떨어지지 않고 제대로 붙어 있었고 나는 전시의 내용을 알고 보러 간 것이지만 그 내용을 잊어도 좋을 만큼 펄럭이는 종이들이 내는 소리와 단지 종이가 펄럭이고 있는 것이 왜 계속 보고 싶은 감정을 불러일으키는 것일까라고 스스로 묻는

물음 안에서 한참을 가만히 서 있었다.

이것은 내가 며칠 전 꾼 꿈의 내용이었다. 나는 꿈속 누군가가 말을 한 것인지 아니면 실제 전시 제목으로 써 있던 것을 본 것인지 꿈속에서 여러 번 나온 말 '스기마쓰 성서'를 꿈에서 밀려 나오면서 주문처럼 외며 기억해두었다. 꿈에서 깨었을 때 '스기마쓰 성서'를 메모해두고 귓가를 울리던 펄럭이던 종이 소리를 기억해두었다. 벽과 나무 기둥, 나무 판에 붙어 펄럭이던 화선지들의 소리는 꿈에서 누군가 미술관 전시 안내원처럼 내 옆에서 '조선 시대 말 박해받던 기독교인들이 비밀스럽게 한 장씩 쓰던 것입니다.'라고 말하던 내용을 떠올리지 않을 수 없게 하였다. 그리고 스기마쓰라는 실제로 일본에는 이런 성이 있을까? 미심쩍어하며 검색해보았는데 몇몇 중소기업의 홈페이지가 나오기는 하였다. sugimatsu로 시작하는 회사 url 주소로 들어가보았지만 특별한 것은 없었다. 꿈에서 밀려 나올 때 나는 그것이 내게 엄청난 것을 보여줄 것이라고 기대하면서 나를 꿈에서 밀어낸다면 나는 이 비밀을 기억하고 알아낼 테야 같은 마음이었는데 막상 특별한 것이 없자 곧 잊고 말았다. 어쩌면 그것이 무언가를 알아내는 데 중요한 길잡이가 되는 키워드였더라도 이 정도에 금세 포기해버린다면 알아낼 수는 없었겠지라는 생각이 이제야 들기는 한다. 꿈에서 완전히 깬 나는 어떤 단어를 아는 것으로 뭐가 얼마나 바뀔 것이라는 것을 기대하지 않는 보통의 상식으로 많은 일들을 판단하는 사람으로 변하였다. 30분 전 내가 어떤 마음으로 그 단어를 기억했는지는 잊어버린 채 마치 그런 것은 우스운 것이라는 듯이 행동하는 상식적인 사람으로 변해버린 것이다. 그래서 많은 것을 금방 잊어버린 것이다.

펄럭이는 종이에 대해 다시 생각하게 된 것은 오랜만에 가위에 눌린 후였다. 나는 가위에 눌릴 때면 바람이 움직이는 소리를 듣고는 하는데 그날은 가위에 눌렸다 깨어났다 다시 잠들면 곧 가위에 눌리고 그게 세 번쯤 반복되었다. 잠을 자고 깨고 다시 잠들고 그사이 바람 소리가 계속 머릿속 어딘가를 통과하고. 어떻게 어떻게 잠이 들기는 했지만 그렇게 아침에 눈을 뜨니 밤새 뭔가에 시달린 기분이었다. 잠을 그래도 다섯 시간 정도는 잤을 텐데. 그날 오후 그러고 보니 바람 소리를 이전에도 들었을 때가 있었는데라고 생각하다 보니 이전에 메모해둔 '스기마쓰 성서'가 떠올랐다. 꿈에서 본 곳에 찾아간다고 그게 그대로 있으리라고 기대하는 건 아니었지만 금요일에 출장 때문에 부산에 가야 했고 숙소도 부산역 주변이었으니 꿈속 전시 장소를 산책하는 게 대단한 기대나 결심을 필요로 하는 것도 아니었다. 그럼 중앙동 골목들을 산책해봐야지 생각하였다. 그리고 밥을 드세요 수영을 하세요 할 일을 하세요 이런 목소리도 들을 수 있었다. 이것은 매일 내가 나에게 하는 소리인데 나는 수영을 안 한 지 몇 달이 되었고 당분간은 할 생각도 없었는데 언젠가 했던 결심 같은 것은 몸이라는 기계 어딘가에 입력이 돼서 어떤 식의 작용으로 머릿속에서 울리게 되어 있나 봐 하는 생각이 들었다. 혹은 저 사람을 피해 얼른 뛰어가 너는 말을 해 너는 울면 안 돼 같은 즉각적인 경고를 들을 때도 있었다. 어떤 때는 경고대로 움직이고 어떤 때는 듣고 해야겠다고 생각하면서도 잘되지 않기도 한다. 많은 것들이 연결되어 있다고 생각하는 것은 쉬운 생각이기도 당연한 생각이기도 한 것 같다. 아무튼 밥을 먹긴 먹고 일을 하긴 하고 집에 와서 이번 주에 할 일을 중간

중간 생각할 것이다.

　언젠가 비행기로 부산에 갈 일이 생기겠지, 기차와 돈이나 시간이 크게 차이 나지는 않으니 비행기를 타게 될 일도 생길 거야. 급하게 보내야 할 메일을 보내고 전화 통화를 두 통쯤 하고 자리로 돌아와 외투를 담요처럼 덮고 잠을 자려 눈을 감았다. 사람들이 무슨 이야기를 하는지 이해를 할 수 없을 때가 많아, 나는 또 어디선가 듣게 되는 나의 목소리를 듣다가 그렇지 나는 매번 사람들이 뭐라고 하는지 이해할 수 없지라고 대답하며 잠이 들었다. 아무 꿈도 꾸지 않았다. 부산역에서 내려 역을 빠져나가기 위해 에스컬레이터 앞에 섰을 때 간판과 높은 지대의 건물들이 정면으로 역에서 내린 사람들과 마주하였다. 부산역에서 내린 사람들 중 여객 터미널 방향이 아닌 그 반대쪽 출구로 나온 사람들은 이 장면을 마주할 수밖에 없다. 그런 의도가 아니라면 할 수 없지만 마치 이 장면은 당신이 이곳에서 보게 될 것은 모두 이러한 것이라는 듯이 보였다. 나는 순순히 응하며 그것을 보겠습니다 하는 마음이 되었다.

그런데 그들의 의도를 어떻게 알 수 있겠는가. 나는 정면을 바라보는 큰 간판과 높은 지대의 건물들을 그들이라고 합해서 부르며 그들이 어떤 식으로 살고 있는지 건물과 사람과 간판과 시간을 생각했다. 그들은 토요일 오후 남포동에 갑니다 서면에 갑니다 해운대에 갑니다. 건물은 아무 데도 갈 수 없지만 정면으로 바다를 바라보고 있다. 만과 항구 바닷가 거리 도시의 골목들, 어디로도 갈 수 없지만 왠지 먼 곳을 모두 이해할 것 같은 건물들을 생각했다.

호텔에 짐만 맡기고 메일과 전화로만 인사하던 거래처로가 3년 만에 실제로 얼굴을 뵙네요 말하고 상대적으로 나쁜 기억이 없어서인지 의외로 정말로 반갑다는 마음이 들었다. 그러고 보면 친구들 가족들보다 더 자주 연락한 사람들일지도 몰랐다. 너무 많은 시간을 썼다. 그래서 실제로 반가웠다. 사무실에서 처리할 일들을 다 처리하고 나는 고래 고기를 대접받고 생전 처음 먹는 음식이라 좋은지 싫은지도 알 수 없는 상태에서 다 먹고 하지만 대체 왜 고래까지 먹어야 하나 생각하다가 이쯤 되니 처음의 반가웠던 마음은 언젠가부터 사라지고 없고 얼른 호텔 방으로 돌아가고 싶다는 생각만 들었지만 할 일을 다 하고 피곤해서 어쩔 수가 없다고 웃으며 여러 번 거절하고 11시가 넘어 호텔에 도착했다. 외투를 입은 채 토하고 옷을 걸고 씻고 머리도 못 말린 채 침대에 누웠다. 곧바로 잠이 들 것 같았지만 잠이 들지 않아 옷을 대충 걸치고 편의점에 가서 담배를 사와 호텔 앞에서 피우고 돌아왔다. 하지 않는 일들. 평소에는 술도 담배도 거의 하지 않는데 그런 일들을 출장을 가서는 마치 나는 다른 사람이라는 듯이 하고 있으며. 그러고 보면 악몽이나 가위눌림은 호텔에서는 거의 일어나지 않는 것 같다. 몸의 어느 부분은 이것이 평소와 다르다고 말하지 않아도 자연스럽게 이해하고 있었고 때로 강하게 말을 한다. 그런 생각을 하며 잠이 들었는데 며칠 만에 다시 가위에 눌렸고 여전한 펄럭거리는 바람이 움직이는 소리를 들었고 바람 소리를 자주 듣는다고 생각하며 잠에서 깨자 호텔 방 창문을 열어둔 것이 보였다. 커튼 끝에 달린 장식이 바람 때문에 창틀과 부딪치며 소리가 나고 있었다. 나는 바람 소리와 함께 춥다는 생각을 했는데 이게 다 문을 열어둔 것 때문이었구나, 다시 문을 닫고 잠을 자려다 서서히 푸른빛이 찾아오는 새벽의 공기를 잠시 바라보았다. 바다 냄새가 나는 것도 같아. 해가 뜨는 것을 보자 왠지 해가 뜰 정도의 큰 움직임이 피곤하게 느껴졌고 창을 닫고 몸을 이불 안에 넣은 채 다시 잠들었다.

어제는 잘 들어가셨어요? 업무 여러모로 배려해주셔서 감사합니다.

그럼 조심히 올라가셔요.

어제 함께 고래 고기를 먹었던 세희 씨에게서 메시지가 와있었다. 나는 잘 들어갔다고 감사하다고 답장을 보내고 왜인지 이게 다 진짜인가? 무슨 일을 한 거지? 실제로는 후회할 일이나 이상한 일도 없던 무난한 출장에서의 하룻밤이 뭔가 사실처럼 느껴지지 않고 오래전 여행지에서의 하루처럼 먼 일같이 여겨지고 많은 일들이 이해가 안 되고 다 이상하다는 생각을 하다가 겨우 손을 뻗어 냉장고의 생수를 마셨다. 전복죽을 사 먹고 산책을 할 것이다.

여전히 침대에 누워 언제쯤 몸을 일으킬까 생각하다가 이전에 부산에 들렀을 때 아미동까지 걸어갔던 것이 떠올랐다. 아미동에는 일본인 공동묘지 위에 세운 집들이 많았고 무덤의 비석으로 집 주춧돌, 계단 등을 지은 것 역시 볼 수 있었다. 오늘도 몸만 일찍 일으킨다면 걸어서 갈 만한 거리였는데 나는 눈으로 보이는 분명한 글자들, 무덤의 비석이라든가 손으로 쓴 대자보 같은 것들이 다른 시각적인 요소들보다 어째서 늘 분명하게 기억이 남지 생각했다. 한눈에 이해할 수 없는 글자들이어도 왜인지 강하게 기억이 남았다. 비석의 글자를 한눈에 알아볼 수 있는 사람들은 더 선명하게 그 글자들을 받아들이겠지? 이것은 나의 성과 같다거나 나의 친구의 성과 같다 들어본 적이 있는 이름이다 생각할 것이다. 혹은 이 집에서 어릴 때 몇 년간 세를 들어 살던 아이가 이사를 가 다시는 아미동으로 돌아오지 않고 있다가 자라서 부산도 떠나 한동안 외국에서 살다가 다시 가족을 보기 위해 혹은 친척을 보러 아니면 아무 일도 아닌 이유로 다시 아미동에 들러 비석을 보았을 때 기억 저편에 있던 획수와 모양이 너무나 분명하게 떠오르게 될 것이다. 혹은 그가 부산을 떠나 서울에서 학교를 마치고 회사를 다니며 살다가 일본으로 출장을 가게 되어 어느 회사의 직원과 고개를 숙이고 각자 명함을 교환할 때 명함 속 이름에서 어린 시절 살던 집의 기둥으로 쓰던 비석의 글자를 찾아내게 될 것이다. 너무나 분명하게 찾아오는 글자의 모양. 하지만 어쩌면 그런 순간들이 와도 모든 것을 잊어버리는 것이 당연한 것일지도 모르겠다. 나는 아직 잘 모르겠다.

햇빛이 환하고 눈이 부셨다. 전복죽 대신 중국 식당에서 중국식 따뜻한 두유와 튀긴 빵을 먹었다. 두유에는 설탕을 가득 넣어 먹었는데 그래도 별로 달지는 않았다. 오랜만에 마리아에게 연락을 해볼까 하다가 관두고 지나가다 들렀을 때 있다면 혹은 없다면 그때 생각해야지라고 결정하고 두유를 더 마시다 나왔다. 마리아는 이전에 내가 다른 곳에서 근무할 때 그 앞 스타벅스 매장에서 오래 일하던 사람이었다. 오래라고 해도 내가 회사를 다닌 기간과 비슷한 정도였을 테니 2년 정도였을까. 유니폼에 영어 이름이 적힌 명찰을 다는 게 규정이었는데 마리아는 당연히 Maria였고 이걸 영어 이름이라고 하면 영어 이름이겠지만 그래도 왠지 처음 봤을 때부터 본명일 것 같다고 생각했다. 마리아의 이름은 그래서 처음 커피를 주문하자마자 자연스럽게 외우게 되었다. 그 사람은 대학을 졸업하고 몇 년간 비서로 일했는데 그 당시에는 회사를 그만두고 스타벅스에서 일을 하며 미용 기술을 배우고 있었다. 우리는 이후 미용실에서도 마주치게 되었는데 마리아는 내가 다니던 미용실의 원장과 아는 사이라 그곳에서 틈틈이 실습 겸 일을 배우고 있었다. 아침에 커피를 전해주던 사람이 저녁에 머리를 감겨줘서 우리는 왜 이렇게 자주 마주치나요. 서로 신기해했지만 나는 왠지 이 사람이 많은 것을 해주고 있군 나중에는 식당에서 밥을 만들어주거나 옷을 사러 갔더니 뒤에서 옷을 짓고 있을지도 모르고 그래도 좋다고 하지만 마리아의 입장에서는 어디로 가면 내가 튀어나와서 이게 뭐야 생각하는 건 아닐까 혼자서 역시 그런 이상한 생각을 하며 머리를 맡기고 있었다. 그렇게 자주 마주치며 조금씩 가까워졌는데 2년쯤 지나자 부산에 일이 생겨 간다고 인사를 하였다. 미용실을 차리게 된 건가? 원래 회사에서 하던 일을 하는 건가? 아니면 아예 새로운 일을 하는 건가? 이걸 물어봐도 되나? 생각하다가 좋은 일인 거죠? 축하해요 하고 말았던 것이 마지막이었다. 그 이후 가끔 메시지로 잘 지내고 있다는 소식이 오가곤 했다.

두유를 마시고 일어나 중앙동을 향해 걸을까 하다가 몸을 돌려 반대쪽인 수정동까지 갔다가 다시 중앙동을 향해 가야겠다고 생각을 하고 걷기 시작했다. 나는 맞은편 건물에서 일하는 사람, 사는 사람들을 생각했다. 내가 저기서 산다면 어떤 곳에서 어떤 일을 하며 혹은 아무 일을 하지 않는다면 어떤 이유와 흐름으로 살게 된 것일까 생각하다가 말았다. 오랜만에 술을 마셔서인지 머리가 잠을 못 잔 것처럼 무거웠다. 근로공단과 부산치과의사협회 한국감정사협회 러시아 스쿨을 지나자 저곳에는 어떤 사람들이 어떤 일을 얼마나 같은 아까와 같은 생각이 다시 이어지고 점심은 뭘 먹을까 이렇게 계속 걷다가 중간에 버스를 타고 마리아가 일하는 동네에 슬쩍 들러봐도 늦지는 않겠지 아니면 아예 머리 아프니 다시 호텔로 돌아갈까 같은 생각을 하다가 말다가 하였다. 버스를 타세요 정면을 향해 가세요. 나는 부산진시장에 가서 시장 구경을 하고 지금 당장 바꿀 수 없는 커튼 천이나 이불보 구경을 해야겠다고 마음먹었다. 걷자면 걷겠지만 버스를 타고 나의 오른편에 있는 것이 확실한 바다를 떠올릴 것이다.

버스 안에는 할머니들, 교복을 입은 학생들이 몇 타고 있었다. 주말이 아닌가 토요일에 왜 교복을 입고 있지 생각을 하다가 이제는 학교와 관련된 것들이 다 너무 멀어서 무슨 이유가 있겠지 내가 모르는. 부두 제5거리 해양종합상사 같은 저기엔 바다가 있다는 것을 말해주는 간판들을 지나고 사람들은 모두 시장에서 내리는지 예닐곱 명의 승객들이 부산진시장 정류장에서 하차를 하였다. 한복집과 미싱이라는 간판들을 지나 천 가게를 지나다 보니 허기가 져 칼국수를 사 먹었다. 멸치로 국물을 낸 칼국수를 코를 풀며 먹고 일어나 마치 이걸 먹으러 버스를 타고 시장에 온 것처럼 다시 큰길로 나와 지하철을 타고 중앙역에서 내렸다. 어제부터 입고 있던 트렌치코트는 어느새 구겨져 있었고 굽이 낮지만 이틀째 구두를 신고 여기저기를 걷고 있었다. 내일까지 위에 입은 얇은 니트만 한 번 갈아입는 것 말고는 계속 같은 옷을 삼일째 입고 다닐 텐데 그러다 보니 마치 이것이 내게 주어진 몇 안 되는 정해진 옷처럼 느껴졌다. 교복처럼 유니폼처럼. 꿈에서 나는 중앙동이라고는 하지만 조용한 주택이 있는 골목으로 들어가 전시를 보았다. 그간 이 골목을 여러 번 걸었지만 그런 곳이 어디쯤일지 가늠이 되지 않았고 어쩌면 그걸 알고 있었지만 막상 가면 무언가 새로 보게 되는 것이 생기지 않을까 생각했던 것이다.

고양이들이 지나갔다. 얼굴이 크고 험악한 표정의 멋있는 고양이 두 마리였다.

松山 MATSUYAMA 무역이라는 간판을 보았다.

부산상사라는 머릿돌을 가진 오래된 벽돌 건물을 보았다.

부산상사가 있는 골목을 지날 때는 정말로 아무도 지나가지 않았다. 골목에 아무도 없었다.

고양이들을 따라 오른쪽으로 꺾어 갔는데 이제 그만 따라오라는 듯이 인간이 지나가기 힘든 건물 사이로 고양이들은 사라졌다. 나는 다시 원래 있던 곳으로 돌아와 방금 손님이 나간 카페로 가 뜨겁고 진한 커피를 주문했다. 창가에 앉았는데 나처럼 보이는 트렌치코트를 입은 사람이 보였는데 당연히 나였고 경직된 어깨와 얼굴을 한 그 사람을 살짝 외면하며 와, 정말 출장 온 사람처럼 입고 다녔네 생각했다. 사무용 가방에 넣어 온 천 가방조차도 뭔가 출장자의 예비용 가방처럼 보였다. 커피를 마시자 정신이 더 명료해지고 호텔 내 방안에는 옷을 벗고 가운만 입고 있는 내가 움직이기 싫어 어제 편의점에서 사 온 녹차만 입 안에 머금고 어젯밤에 한 예능 프로 재방송을 보고 있을 것 같다. 조식 시간도 놓치고 배는 고프지만 그냥 참을 것이고 다시 잠이 들어도 좋다고 생각할 나는 잠을 많이 자서 얼굴이 하얗고 잠을 많이 자서 너그러운 얼굴이었다. 커피를 마시는 나도 여유로웠으며 복잡한 생각 같은 것은 안 하고 있었지만 마치 커피를 마시고 정신을 차려서 인생의 어려운 일들, 은행과 관공서와 상사에게 전화를 하는 것 같은 일들을 처리하며 침대 위의 나를 먹여 살리는 것처럼 보였다. 얼른 호텔로 돌아가 자고 싶었다.

너무 진하지 않으세요?

아뇨 졸려서 괜찮아요.

　카페 주인은 초콜릿을 갖다주고 진하지 않다고 했지만 다크 초콜릿과 진하게 내린 커피를 마시니 정신이 명료해지며 동시에 묘하게 들뜬 기분이 되었다. 이곳에서 몇 시간을 보내다 가면 머리에서 담배 냄새 같은 커피 냄새가 한동안 사라지지 않을 것이다. 옷에도 손에도. 그런데 어제부터 술과 생선의 냄새, 어디에 묻히진 않았지만 토 냄새가 옷과 머리카락 어딘가에 아주 조금 남아 있을 것이라는 생각이 들었다. 모든 것이 새것이 아냐 그럴 리가 없어. 감은 머리도 씻은 얼굴도 어딘가를 가고 통과하고 묻히고 생각하고 화를 내고 또 사라지고.

　주인은 물 잔이 빈 것을 보고 또 채워주고 테이블만 보고 있던 고개를 들어 카페 안을 살피자 이제 남아 있는 사람은 나뿐이고 실내는 아직 온풍기를 틀어놓아서인지 따뜻했고 겉옷을 의자에 두고 휴대폰을 보다가 말다가, 주인은 카페 안 작게 마련된 로스팅실이라고 표시된 곳으로 들어갔다. 이 대로 더 있다간 약간 덥다고 느끼게 될까, 공간이 따뜻해서인 지 커피를 다 마시고 초콜릿과 물도 다 마셨지만 일어나지지 않았다. 카운터의 메뉴판을 들고 와 다시 하나하나 보았는데 아까는 정신없이 시켜서 몰랐는데 다시 메뉴 설명을 보니 신 경을 쓴 메뉴들 같다는 생각이 들었다. 뭔가를 더 시킬까 커 피를 한 잔 더 마시면 심장이 뛸 것 같은데 그런데 주인은 계 속 저기 있는 건가. 나는 따뜻한 물을 부탁하려 일어나 로스 팅실로 표기된 곳으로 가보았는데 아무도 없었다. 물을 마시 지 못하고 사람들은 없고 나는 일어나 화장실도 가고 카페 안 이곳저곳을 살폈다. 물과 영양과 햇빛을 제대로 잘 받은 것 같은 잎이 넓은 잘 자란 식물은 먼지 하나 없었다. 책은 따 로 비치되어 있지 않았고 주인이 보고 있었는지 목공 기구를 소개하는 영어로 된 잡지가 몇 권 카운터 쪽 좌석에 놓여 있 었다. 그러고 보니 카운터와 내부 테이블 하나는 누군가가 직 접 나무로 만든 것 같은 느낌의 가구였다. 나는 테이블을 손 으로 만지며 이건 무슨 나무 물어보면 이제는 얼굴도 희미한 주인은 대답한다 오크입니다. 소나무입니다. 주인이 없는 아마 없지는 않겠지만 당분간 사라진 카페에 계속 앉아 있는 것이 이상한 일일까. 나는 계산을 하지는 않았지만 자리에서 일어나 나가고자 한다면 계산을 할 방법이 아예 없지는 않을 것이다. 현금을 내고 가면 되는 것이다. 나는 이제 열심히 일을 하는 나는 간데없고 트렌치코트를 여미며 정처 없이 길을 걷는 나, 시장을 돌아다니는 나가 있고 호텔에서 방 안이 건조하다 배가 고프다 생각하지만 아직은 어디로도 가고 싶지 않아 누워 있는 잠을 푹 잔 나와 아무도 없는 곳에 혼자 서서 돌아다니며 무엇을 하는지 모르겠는 나가 보였다. 그러고 보면 얼굴이 큰 고양이들은 잘 먹고 다니는 것 같은 얼굴이었다.

너 부산이랬지?

어 내일 갈 거야.

내일 몇 시에 가?

글쎄 점심 지나서? 근데 너무 늦지 않게 갈 것 같아.

아 내일 별일 없으면 점심 먹자고 연락했어.

출장에 가기 전, 직장을 그만두고 부산 본가에 내려가 쉬고 있는 친구에게 연락을 했던 것이 기억이 났다. 지금 친구를 불러도 될 것 같은데 친구가 와도 아무도 없으면? 그러면 둘은 다른 곳에 가도 될 텐데 무슨 걱정이야? 아무튼 문자로 점심의 약속 시간과 장소를 대략 정하고. 주인이 어디에 빠지거나 걸려 넘어지거나 안으로 잠기는 문을 잘못 닫아 갇히거나……?

'스기마쓰 성서'에 관한 것은 실제로 부산을 걷자마자 정말로 꿈속 이야기처럼 되어버렸네. 차라리 어디에도 가지 않고 '스기마쓰 성서'에 대한 이야기를 스스로 만들어버리는 길이 있을지 모른다. 나는 원래 앉았던 창가 자리로 돌아와 움직일 때 들고 다니는 얇은 수첩을 펴, '그렇게 손으로 옮겨 적은 비밀스러운 성서는 박해 속에서도 전수가 되어 사람들은 복음을 얻게 되었다. 이러한 이야기가 알려진 것은 72년 이후로, 스기마쓰 지역 중학교 선생님으로 근무하던 모 씨가 본인의 외할아버지가 한국의 골동품 업자에게 사 온 먹으로 쓴 성경을 기독교 박물관에 기증하면서부터이다.'라고 적었다. 이게 아니라 다른 가능성이 좋을까.

    손으로 옮겨 적은 성서는 현재의 성서를 전체 다 옮긴 것은 아니고 그중 일부만을 옮긴 것인데 혹은 전체를 옮겼으나 일부만 남은 것일 가능성도 있다. 어쨌거나 현재 남아 있는 것은 시편과 잠언이다. 절반 이상이 한 사람이 옮긴 것으로 보이며 필체의 차이는 있으나 모두 세필로 종이에 여백이 거의 없이 촘촘하게 옮겨져 있다. 한글로 옮겨진 이 성서가 '스기마쓰 성서'로 불리는 데는 몇 가지 유래가 있다. 그중 하나는 이 성서를 뺏어 가거나 사 간 일본인의 성이 스기마쓰라는 것이고 또 하나는 마지막 장을 옮겨 쓴 사람이 이유는 알 수 없지만 杉松(스기마쓰)라고 뒷면에 써두었는데 그 때문에 '스기마쓰 성서'로 불린다는 것이다. 어떤 이유든지 이 자료는 2년 전까지 일본의 콜렉터가 소장하고 있었으나 한국의 기독교 계열 학교 다수를 보유한 학원 이사장이 되샀다고 한다. 적절한 시기가 되면 다시 일반인들에게 공개하여 목숨을 위협하는 박해 속에서도 믿음을 유지하고 복음을 전파하고자 하였던 신자들의 굳은 믿음을 알리겠다고 한다.

창가의 대각선 끝으로 문화원 건물과 아직 완전히 피지 않은 벚꽃이 보였다. 그래도 부산에 와서 벚꽃을 보긴 보았다고 말할 수는 있을 것이다. 나는 여전히 아무도 없는 이 카페 문을 열고 나가는 것이 왜인지 나의 한 단락을 정리하고 나가는 것 같은 느낌을 받고 어렵게 여겨졌고 쉽사리 일어나지지 않고 이것은 마치 호텔 침대 위 내가 세수를 하러 일어나지 못하는 것 같은 기분 같았다.

커피콩 200g
쿠키 2종

카페 주인이 돌아온 것은 두 시간 후였다. 그는 내게 너무 미안하다고 저 두 개를 주었고 커피값을 받지 않았다. 내가 사람을 불편하게 한 건가? 이럴 때 그냥 나가면 주인은 미안하지 않고 나는 뭐지 이것은?이라고 15분에 한 번씩 마음속에서 물음표를 품으며 카페 안을 살피다 휴대폰을 확인하다 다시 스기마쓰 성서와 관련된 전시를 한다면 그 공간의 구조가 어때야 할지를 그려보는 일을 반복하지 않았을 것인데 나로서는 그 시간이 나쁘지 않았으나 이것이 상식인들의 행동 방식인지는 모르겠다. 아무튼 나는 괜찮았다고 말하였고 주인은 갑자기 급한 일이 생겨 그걸 해결해야만 했다고 말했다. 이 사람이 믿을 만한 사람인지는 모르겠지만 그 이야기가 딱히 거짓말처럼 들리지도 않았다. 주인은 다음 시간 아르바이트생을 불러 같이 저녁을 먹자고 하였다. 근처 대학원에서 중국 문학을 공부하고 있다는 아르바이트생과 셋이서 멸치 쌈밥을 먹으며 우리는 그에게 생긴 갑작스러운 일을 들었다. 그건 정말 그럴 만한 일이었다. 나는 처음 먹어본 고래 고기 이야기를 하고 하지만 왠지 다시 먹게 될 것 같지는 않다고 하고 아르바이트생은 루쉰을 공부하고 있다고 말하고 어떤 주제에 대해 논문을 쓸 거냐고 묻자 숨을 한번 고르고는 부끄러워하며 아직 고민 중이라고 하였다. 멸치 쌈밥 집 앞에서 세 사람은 서로에게 고맙다고 감사하다고 또 보자고 고개를 숙이고 또 숙이며 인사하고 손을 흔들었다. 아까 창가에서 보았던 문화원 앞 벚꽃 나무가 점점 더 가까워지고 있었다. 오후에서 저녁으로 넘어가는 불빛 안에서 가지에 작게 달린 벚

꽃잎이 이제 정말 따뜻해지고 곧 사라진다 생각했다.

　제과점에서 빵과 쿠키를 사서 버스를 타고 성당 앞에서 내렸다. 마리아가 일하는 미용실 불은 아직 켜져 있고 손님이 있으면 방해가 될지 모르니 지나가듯 안을 살펴보다 들어갔다. 미용실에 에스프레소 머신이 있는 것은 처음 보았다.

　커피가 너무 본격적인 것 같아요.
　이거 다들 웃어요.

　마리아는 시간이 되면 저녁을 같이 먹자고 하였고 나는 점심을 늦게 먹었다고 아주 틀린 말은 아니지만 하루 종일 뭔가 먹은 것 같은 기분이어서 어떤 걸 점심이라 저녁이라 말하기도 애매했고 아니 멸치 쌈밥은 저녁이지 생각하다가 그냥 들렀다고 괜찮으면 일 끝나고 보자고 말하고 왜지? 이상하게 엄청난 반가움이 밀려와 껴안고 손을 흔들고 나가려는데 머리 끝이 갈라졌다고 다듬고 가라고 어느새 어깨 위에 가운이 올라오고 나는 거울 속 나와 마리아를 똑바로 보다가 왠지 부끄러워 잠시 고개를 피하다가 다시 보았다. 언제나 짧고 단정한 단발의 마리아. 일부러 성당 앞에서 일하게 된 것은 아닌데 또 자연스럽게 저 성당에 다니게 되었다고 말했다. 성당에 다니는 손님들이 많이 와서 좋기도 힘들기도 하다고 하였다. 오늘 아무것도 못 먹어서 배고프다고 머리를 간단히 다듬어주고 난 후 작은 빵을 입에 넣으며 나를 바래다주었다. 교회는 밤에도 예배를 보는 것 같은데 성당도 그럴까. 붉은 벽돌 건물의 성당은 오른쪽 벽 창문을 통해 스테인드글라스가 보였고 오래된 곳인지 단정하게 시간을 지나온 공간임이 느껴졌다. 성당에 다니고 성당 앞에서 일하는 마리아. 요즘은 운전해서 집까지 출퇴근을 한다고 하였다. 내가 데려다줄 수 있으니까 여기 있어도 되는데, 아니야 끝나면 전화해요 우리는 손을 흔들며 헤어졌다. 버스를 타고 왔던 길들을 되짚어 걸었다. 서서히 어두워지는 길들과 멀리서 보이는 시장의 불빛들과 그 불빛들은 동시에 내 눈앞에서 하나씩 꺼졌다. 지나가는 사람들의 웃음. 이제 발이 아픈 느낌이라기보다 다리가 무거운 느낌이었다. 천천히 걸어 호텔로 돌아가 맡겨둔 키를 받아 문을 열고 손잡이를 돌리려 할 때. 이미 낮이 되어버린 시간에도 침대에 누워 있던 너는 여전히 침대에 누워 있는지 무엇을 먹고 언제 이곳을 나간 건지 한참을 돌아다니던 너는 다시 어떤 방으로 들어가는지 생각했다. 문을 열자마자 구두부터 벗어던지고 가방은 자연스럽게 침대 아래로 떨어지고 외투를 입은 채로 침대 위로 쓰러졌다가 다시 몸을 굴려 코트를 벗어 침대 위에 두었다.

눈을 깜박이다 일어나 코트를 옷걸이에 걸고 스타킹과 스커트를 벗고 스타킹은 간단히 빨아서 널었다. 세수를 할까 말까 고민하다가 세수를 하고 입고 있던 옷을 벗고 가운으로 갈아입고 알람을 맞추고 침대에 누웠다. 내일이 있다. 오늘이 있다. 한 시간은 잠깐 잠이 들었다 깨기에 충분한 시간이다. 그리고 나서의 시간이 있다. 그럼에도 잠이 오지 않아 텔레비전을 보다가 잠이 들어 마리아의 전화를 받고 깨어났다. 아무 꿈도 꾸지 않았고 목 안이 건조해서 일어나자마자 생수를 마셨다. 우리는 호텔 앞에서 만나 역 주변을 걸었다. 두 시간 정도의 차이인데 일을 끝내고 와서인지 마리아는 좀 더 가뿐해 보였다. 10분쯤 걷다 작은 술집에서 회와 맥주를 시켰지만 거의 마시지 않고 사이다를 따로 시켜 마셨다. 마리아는 운전을 해야 했고 나는 당분간 술을 마시고 싶은 기분이 아니었다. 마리아는 배가 고프다며 우동과 튀김도 시켰다. 각자의 요즘 이야기를 하고 나는 힘든 이야기를 하려고 하면 여전히 많지만 왠지 하고 싶지 않았고 그건 마리아도 마찬가지일 것이다. 카페 안에 갇혀 있듯 갇혀 있지 않은 시간이 어제, 지난주의 일 같고 그 이야기만 잠깐 하였다.

내가 왜 안 나간 걸까. 좀 이상한 느낌이야.
그냥 문이 열려 있으면 걱정이 돼서 안 나간 거 아냐?
그런 것 같기도 하고.

우리는 한 시간도 채 못 되어 일어나 지나가다 본 카페에 들어가 커피를 마셨다. 생각하는 것과 하는 것은 달라. 마리아는 힘들지만 그래도 좋은 점이 있고 그런데 힘이 들고라고 말하며 웃었다. 습관처럼 머리를 넘기는데 상한 머리카락이 잘 다듬어져 손가락 사이로 기분 좋게 빠져나갔다. 나는 너를 좋아해 네가 정말 잘할 것이라고 생각해요. 손을 붙잡고 말하고 헤어졌다. 호텔로 다시 돌아와서는 다음번에는 누구를 만날 일이 없어도 별 계획이 없어도 편한 옷을 챙겨야 할까 봐 생각했다. 욕조에 몸을 담그고 나는 꿈을 너무 믿는 것 같아, 꿈이 나를 해결해줄 것이라고 어디선가 동아줄처럼 내 눈앞으로 뭔가가 내려올 것이라 믿고 있었어라는 말이 머릿속을 맴돌고. 그래도 잠을 자고 일어나면 새로운 사람이 되기는 하지, 포장된 새 소시지를 뜯는 것 같은 새로움. 여전히 잠과 꿈에 대한 믿음을 그대로 가진 채 몸을 닦고 머리를 말리고 바를 것을 바르고 입을 것을 입고 침대로 향했다. 나는 얼른 자고 싶었고 그래서 굿나잇 잠이 든다.

헤엄치는 밤

한
유
주

차는 어둠을 뚫고 달린다기보다는 한없이 어둠에 가까워진다. 간혹 표지판들만이 죽었다 살아난 사람의 얼굴처럼 돌연 창백하게 나타났다가, 금세 희끄무레해지고, 이내 뒤로 물러난다. 밤이다. 어둠이다. 밤이 출몰한다. 아니다, 물론 밤은 이미 당도해 있다. 우리는 어둠에 잠긴 이차선 도로를 달리는 자동차 소음을 듣는다. 우리는 운전석과 조수석, 뒷좌석에 앉아 있다. 누군가는 가부좌를 틀고 눈을 끔벅거리고, 누군가는 엔진 소리에 귀를 기울였다 무심해지며, 누군가는 졸음

보다도 침묵을 참지 못하고 좌절된 희망을—그것을 여전히 희망이라고 부를 수 있을까?—구도자의 자세로 복기한다. 그 수많은 가능성들, 혹은, 수많은 것처럼 보였던 기회들. 우리는 밤을 통과한다. 그러나 밤이 우리를 통제한다. 우리는 강과 언덕, 산과 호수를 지나 한 번 안개를 지나쳤고, 다시 한번 안개를 지나친다. 드물게 선 가로등 불빛에 안개가 아무것도 비추지 않는 스포트라이트처럼 희끗희끗 드러난다. 안개는 우리를 비추고 있을 것이다. 그러나 우리는 우리의 관객이 아니다. 우리는 저마다 다양한 유형의 밤을 겪어왔다. 차가운 밤, 칠흑과도 같은 밤, 끈끈한 밤, 더운 밤, 투명한 밤, 위험한 밤, 위협적인 밤. 우리는 자동차 소음을 음악으로 덮고, 음악이 시작하거나 끝날 때, 각자 갖고 있는 밤의 목록을 공유한다. 두려운 밤, 덮치는 밤, 부딪히는 밤, 갇힌 밤, 취한 밤, 도망치던 밤, 이불로 머리를 완전히 덮던 밤, 초침 수를 헤아리던 밤, 밝은 밤, 희망찬 밤, 별의 폭발을 지켜보던 밤, 시간이 없던 밤, 손에 땀을 쥐던 밤, 오랜 시간 기다렸으나 하나의 유성도 보지 못한 밤, 추월하는 밤, 가속하는 밤. 그 밤들에 무슨 일이 있었지? 그리고 밤과 밤의 사이에는 무슨 일이 있었지? 우리는 밤과 함께 흘러간다. 곡선 도로에서 무심코 속도를 높이다 당황하지 않고 가속페달에서 발을 뗀다. 밤의 정지. 검은 얼음처럼 단단하던 밤의 밀도가 흐트러진다.

그리고 우리는 어둠 속에서 겨우 눈을 뜬다. 하나씩, 한 눈씩, 한 사람씩. 눈을 깜박거리고, 크게 감았다 뜨고, 초점을 맞추며 전방을 응시하고, 검은 도로와 희미한 빛, 죽은 계기판, 좌석 등받이와 희끄무레한 차창을 본다. 온통 밤이다. 여전히 밤이다. 우리는 눈앞의 어떤 흔적들이 혹시 죽음의 증표이거나, 그 의미를 결코 알 수 없을 계시가 아닌지 의심하며, 어둠과 추위 속에서 앞을 바라본다. 우리는 생각에 잠긴다. 진 바둑을 복기하듯, 눈이 감겼을 때부터 지금까지, 뭉텅이로 사라져버린 시간을 복기한다. 그러나 아무것도 맞춰지지 않는다. 어둠과 밤이 우리가 잠들었던 시간을 흡수해버렸는지도 모른다. 혹은, 어둠과 밤이 우리를 흡수하고 있는 중인지도 모른다. 우리는 어둠 속에서 고개를 흔들고, 목을 이쪽저쪽으로 늘이고, 기지개를 켜고, 다시 눈을 크게 감았다 뜨며 우리에게서 멀어져 있던 신체를 되찾는다. 반드시 그래

야만 할 것이다. 누군가가 실내등을 켜고 잠을 쫓아낸다. 눈
과 턱, 목과 어깨, 팔과 손. 그러나 시동을 걸려면 발까지 회복
해야 한다. 우리는 서로의 존재를 막연히 추정하고, 이내 확
신하고, 다시 기지개를 켰다가, 몸을 웅크린다. 마침내 누군가
가 시동을 걸고, 실내등을 끄고, 차창을 내려 신선한 공기를
받아들인다. 엔진이 돌아가기 시작한다. 적막이 사라진다. 전
조등 불빛이 어둠을 물리치고, 그 대신 열린 창으로 차가운
공기가 들이친다. 그제야 우리는 완전히 잠에서 깨어난다. 누
군가가 시간을 확인한다. 밤이다. 여전히 밤이다. 해가 뜨려
면 네 시간 정도 남았을 것이다. 우리는 그 전에 목적지에 도
착할 것이다. 우리는 달리던 차를 쉼터에 세우고 저마다 다
른 속도로 잠에 빠져들던 순간을 억지로 기억해낸다. 저항하
는 밤. 누군가는 곤하게 자던 도중에도 설핏 깨어 다른 이들
이 여전히 옆에 있음을, 여전히 존재함을 확인하기도 했을 것
이다. 어둠 속에서, 소리도 미동도 없이 잠들어 있는 다른 이
들을 흐릿하게 식별하고, 마침내 우리가, 우리는 죽은 것이라
고 순간, 생각했을 것이다. 우리는 제한속도를 아슬아슬하게
넘나들었고, 속도와 비례해 자꾸만, 자꾸만 물러나는 전방에

음악을 침투시켰고, 화물 트럭을 추월하며 대형차의 거대한 바퀴에 감탄했고, 가로등이 드문 경로를 지나며 없는 빛을 상상했고, 목적지까지 남은 시간을 조급하게 헤아렸을 것이다. 다급하게 고개를 돌리고 새된 목소리로 또 다른 음악을 요청하던 누군가의 얼굴과 하품하며 졸음에 굴복하던 누군가의 얼굴, 휴대전화와 창밖을 번갈아 들여다보고 내다보던 누군가의 얼굴이 차례대로 잠에 무너졌을 것이다. 잠에 쫓기는 와중에도 누군가는 차를 안전하게 멈추고, 기어를 P에 놓고, 사이드브레이크를 제대로 걸었을 것이다. 누군가는 꿈에서 그것을 의심했을 것이다. 누군가는 꿈 없이 잠들어 있었을 것이다. 히터가 돌아가기 시작하고, 건조하고 뜨거운 공기가 우리의 목덜미를 파고들고, 누군가가 서서히 가속페달을 밟고, 차가 앞으로 나아간다. 다시 음악이 시작되고, 누군가는 차가 지금 들리는 둔중하고 느린 베이스 음과 같은 보폭으로 나아가기를 바라지만, 우리의 차는 급격히 가속한다. 누군가가 담배를 피워 물며 차창을 완전히 내리고, 차가운 바람과 함께 차와 어둠이 진동하는 소리가 크게, 아주 크게 안으로 들어오고, 우리는, 우리는 죽었던 것 아닐까, 누군가가 속삭인다.

우리의 귀에는 그 속삭임이 소음보다도 크게 들리는데, 어쩌면 우리는 정말로 죽었거나, 죽었었기 때문일지도 모른다. 우리는 온기와 냉기를 동시에 감각하며 막 되살아난 몸이 중간 점을 찾아내기를 기다린다. 아직은 의미가 없는 표지판들이 지나가고, 음악이 빨라지고, 누군가가 흥얼거리고, 전조등은 고집스럽게 전방을 응시한다. 얇고 허약한 막처럼 어둠 앞을 일렁이는 전조등 불빛 위로 갑자기 작고 하얀 것들이 빛나기 시작하는데, 눈이다, 누군가가 외치고, 우리는 덧없이 흩날리기도 전에 빠르게 전면 유리창을 들이받는 눈송이들을 바라본다. 우리는 어둠 속 복병처럼 날아드는 눈을 맞으며 앞으로 나아가고, 누군가가 남은 연료량을 헤아리고, 누군가가 음악에 대해 불평을 늘어놓는다. 누군가가 커피를 원하고, 누군가는 여전히 우리가 정말로 죽은 것은 아닌지 의심하며, 누군가가 다음 휴게소까지 남은 시간을 확인한다. 도로 경계를 구획하는 콘크리트 벽들은 곧거나 완만한 곡선이고, 다른 차들은 지나가지 않는다. 다음 휴게소에 도착해서야 우리는 다른 차들과 다른 이들의 존재를 겨우 확인하게 될 것이고, 그들을 스쳐 지나가면서, 우리가 여전히 존재하고 있음을 확인받

게 될 것이다. 밤의 휴지기까지 이십여 분이 남아 있다. 눈송이가 커진다. 눈발이 굵어진다. 우리는 어제를 생각한다. 수많은 어제들에서 우리는 아침에 잠들고 저녁에 깨어난다. 우리는 꿈의 곡선과 일상의 직선을 공유한다. 우리가 언제부터 우리였는지, 혹은, 우리가 실제로 우리인지는 불분명하지만, 우리는 언젠가부터 우리였고, 오늘 역시 우리일 것이다. 우리는 우리라고 불리지 않지만, 우리를 우리라고 부르자. 우리는 모의하고, 우리는 대립한다. 우리는 교환하고, 우리는 선물한다. 우리는 낙첨되었고, 실제로 낙첨의 주체를 우리라고 할 수는 없지만, 우리는 낙첨되었다. 우리는 대화하고, 웃고, 누군가는 실없는 말장난을 끝없이 계속할 수 있다. 예컨대 낙첨과 낙점. 누군가는 음악을 좋아했고, 이는 지금도 마찬가지여서, 누군가 담배를 피우려고 차창을 내릴 때마다 자동차 소음을 제외하면 고요한 국도로 퍼져나가는 음악은 그가 튼 것이다. 오게 두어라, 오게 두어라. 우리는 말없이 음악을 들으며 휴게소가 나타나기를 기다린다. 누군가는 눈을 좋아하고, 누군가는 눈을 싫어하는데, 이에 대해 생각하는 이는 또 다른 누군가다. 밤, 누군가는 우리가 밤을 헤엄치고 있는 것 같다고 생각한다. 우리가 밤을 헤엄치고 있는 까닭은, 어쩌면, 현실적인 문제 때문이다. 우리 중 누군가는 지금 현실적인 문제를 겪고 있다. 현실적인 문제. 우리는 현실적인 문제가 과연 무엇일지를 두고 논쟁했다. 그 끝은 현실적이지 않은 문제란 없다는 것이었다. 누군가의 구내염은 현실적인 문제인가 아닌가. 누군가의 고질적인 불안은 현실적인 문제인가 아닌가. 누군가의 고양이가 아프다면 현실적인 문제인가 아닌가. 누군가가 대출이자를 제때 내고 있지 못한 것은 현실적인 문제인가 아닌가. 누군가의 현관문 옆, 초인종 아래 의미 불명의 숫자와 문자가 어느 날 갑자기 적혀 있다면 현실적인 문제인가 아닌가. 누군가의 직장 책상에 압정 하나가 전혀 위험하지 않게, 그러나 그것이 거기 존재한다는 것 자체로 위협을 드러내면서 놓여 있다면 현실적인 문제인가 아닌가. 우리의 문제는 이와 다르지 않고, 문제의 경중을 따지는 것은 언제나 부질없는 일이다. 그래서 우리는 출발한다. 어떤 사람들은 이를 도피라고 할 것이다. 그러나 결국 돌아와야만 한다면, 언제고 돌아올 수밖에 없다면, 그래도 도피라고 할 수 있을까? 새벽에 텅 빈 국도를 차로 달린다는 것은 밤이 가물거려,라는 말을 졸린

입으로부터 듣는 일이다. 밤은 가물거리고, 멀리 있으나 여기 있으며, 아무리 침입해도 포획한다.

이윽고 밤이 물러나기 시작한다. 날이 밝아오는 것이다. 내 내 어둠에 가려져 있던 산등성이의 윤곽이 서서히 드러나기 시작하고, 이윽고, 누군가가 중얼거린다. 이윽고, 이윽고라는 말이 예쁘군. 밝아오는 밤, 동트는 밤, 물러나는 밤. 여전히 눈이 내리고 있다. 누군가가 조수석에서 음악을 멈추고 대설주의보를 찾아 라디오 주파수를 맞춘다. 차는 우리가 잠시 잠들었다가―죽었다가?―깨어난 뒤부터, 휴게소에 들렀던 뒤부터 천천히 달리고 있다. 스피커에서 지직거리는 소리만 들려오자 누군가가 뒷좌석에서 불평한다. 『야간 비행』의 어떤 장면 같기도 해, 누군가는 생각한다. 비록 우리는 비행기가 아니라 차에 타고 있지만. 밤이 흐릿해지고, 눈송이가 밝아진다. 점차. 사무장은 기다렸다, 이게 다른 모든 장면들을 압도하는 문장으로 기억에 남아 있어, 누군가가 생각한다. 아마도 기다리는 것만이 밤의 위험을 몰아낼 수 있는 유일한 행위이기 때문에, 잠처럼 밤에 굴복하거나 꿈처럼 밤을 속이는 것이 아니기 때문에, 누군가가 생각한다. 우리는 야생동물 보호구역과 결빙 구간을 알리는 표지판들을 차례로 지나친다. 차가 달려갈수록 날이 밝아오고 있으므로 우리는 이제 제법 멀리서도 표지판에 적힌 글자나 그림을 알아볼 수 있다. 밤의 끝에는 또 다른 밤이 있다. 하지만 지금은 아니다. 우리는 음악도 라디오도 없이 아침으로 진입한다. 아침이 우리를 기다리고 있는가? 혹은, 우리는 아침을 기다리고 있는가? 검정이 빠르게 흰으로 바뀌어간다. 사무장을 나무람으로 잘못 읽던 밤, 물렁물렁한 밤, 투석하는 밤, 젤리 같은 밤, 가시 돋친 밤, 배척하는 밤, 경멸하는 밤, 안개 낀 밤, 눈 내리는 밤, 감정을 복습하는 밤, 가속하는 밤, 정지하는 밤, 사라지는 밤, 밝아오는 밤. 우리는 저마다 차창을 내리고 신선한 공기를 마신다. 눈송이가 차 안으로 들어오지만 이내 녹아버린다. 누군가는 무심코 몇 년 전의 가족 모임을 떠올린다. 식사를 마치고 상을 물린 다음 차를 마시던 도중이었다. 갑자기 어머니가 거실 한복판에 서더니 스쿼트를 시작했다. 다른 가족들은 난데없는 상황에 놀라면서도 어머니가 스쿼트를 하는 자세가 좋다고 칭찬했다. 그도 그렇게 생각했다. 텔레비전에서 아기 상어 노래가 나오고 있었고 어머니는 백열등 아래 꼿꼿이 그리고 말없이 한동안 스쿼트를 계속했다. 그것을 보고 있기가 좋았다고, 그는 생각한다. 누군가는 한두 시간 전 잠시 잠들었을 때 꾸었던 꿈의 행방을 열심히 추적한다. 모든 우편기가 최종적으로 도착하게 되는 일이란 없는 것이라는 문장을 『야간 비행』에서 읽었는지, 꿈에서 보았는지, 그는 열심히 생각한다. 낯선 지역의 낯선 도로에서 눈을 만난다면, 그 눈이 폭설로 돌변할 가능성이 없지 않다면, 모든 우편기가 최종적으로 도착하게 되는 일이란 없다는 문장을 돌연 떠올리는 일이, 어떤, 피하고 싶은 미래를 예고하는 것이 아닐까? 누군가는 내비게이션에 찍힌 최종 목적지까지 남은 시간을 다시 한번 확인한다. 도로 위로 떨어지는 눈송이는 빠르게 녹는 것처럼 보이지만, 빠르게 얼고 있기도 할 것이다. 우리는 이윽고 도착할 것이다. 누군가는 식은 커피를 마시고, 다시 한번 라디오를 켜고, 지역 뉴스를 내보내는 주파수를 찾아내고, 상습 결빙 구간이라는 표지판에 주의를 기울이다가, 커피 광고에 삽입되었던 노래를 무심코 흥얼거린다. 여름이니까, 아이스커피. 그러나 겨울이다. 겨울밤이 끝나가고 있다.

우리는 아침에 잠들고 저녁에 깨어난다. 낮에는 꿈을 꾸고 밤에는 입장한다. 우리가 언제부터 우리였는지, 혹은 우리가 실제로 우리인지는 불분명하지만, 그저 우리를 우리라고 부르자. 우리는 입장하고 우리는 퇴장한다. 우리는 입장과 퇴장을 반복한다. 우리는 때로 입장을 번복하고 퇴장을 불가능하게 하고 싶지만, 그저 퇴장한다. 쓸쓸히, 빈손과 빈 주머니로. 간혹 주머니가 두둑해질 때가 있고, 그러면 우리는 눈을 감고도 다음 수를, 그러니까 다음 숫자를 맞힐 수 있다는 기분이 된다. 우리는 복권을 사고 계획을 세운 적이 있다. 복권을 사면 확률을 기대할 수 있다. 예측과 확신이 뒤섞인 공상 속에서, 우리는 헬리콥터를 수배하고 잔금을 치르고 밀린 고지서들을 소각한다. 그러나 얄궂은 확률은 우리를 언제나 낙첨시켰고, 우리는 낙심했다. 우리는 소강상태에 빠졌다가 분연히 일어나 다음 패를, 그리고 손안에 허름하게 쥐인 칩의 개수를 헤아린다. 수, 숫자, 숫자들. 24 다음에 24가 나올 확률은 적다. A 다음에 10이 나올 확률은 그보다는 클 것이다. 우리는 초조하게 웃고, 부러 큰 소리로 절망하다 문득 주변을 둘러보고, 가감 없는 표정들과 마주친다. 최면에 걸린 사람처럼 돌아가는 바퀴를 바라보는 사람들, 짧은 환성과 긴 탄식, 우리는 이내 룰렛 테이블로 시선을 떨구었다가, 블랙 잭 테이블 위에서 오가는 손짓들을 지켜본다. 연달아 짝수가 열 번 나왔다면, 이제 홀수가 나올 차례가 아닐까? 그러나 열한 번째 짝수가 이어진다. 누군가가 긴 한숨을 내뱉고, 누군가가 칩 하나를 건넨다. 오랫동안 손에 쥐여 있어 온기가 더해진 칩이다. 우리의 칩은 각자 빠르게 줄어들었다가, 천천히 늘어났다가, 하나가 되었다가, 둘이 되고는 하는데, 누군가는 그 모양이 언젠가 본 전축의 이퀼라이저 표시 창 같다고 생각한다. 음악의 모양. 누군가는 휘파람으로 제목을 알 수 없는 곡조를 부르는데, 아마 장송곡은 아닐 것이다. 회전 바퀴가 돌아가고, 상아색 공이 나선을 그리며 돌아가고, 그 소리의 모양, 우리는 어지럼증을 느끼면서도 꿋꿋이 자리를 지키고, 마침내 공의 속도가 잦아들 때쯤, 누군가는 마지막으로 하나 남은 칩을 꽉 움켜쥔다. 흑이 연달아 세 번 나왔다면 이제 적이 나올 차례가 아닐까? 우리는 기대하고, 우리는 퇴장하고 싶지 않다, 아직은. 그러나 흑이다. 24 다음의 24다. 무수히 많은 칩들이 거두어지고, 짝수나 흑을 고집한 소수의 사람들은 보상을 받는다. 누군가는 발을 동동 구르고, 누군가는 덜 신중해지고, 누군가는 짝수와 흑 모두에 걸고 싶지만, 남은 칩이 하나뿐이다. 누군가는 룰레텐베르크라는 고유명사를 떠올리고, 지명일까, 생각한다. 다시 판돈을 걸 때다. 무덤덤하거나 약이 바짝 올랐거나, 여남은 명의 사람들이 대담함을 가장하며 칩을 쌓아 올린다. 남은 칩이 하나뿐인 누군가는 간신히 자제력을 발휘해 뒤로 물러나고, 다른 누군가와 누군가, 즉 친구들의 뒷모습을 바라보며 우산 장수와 짚신 장수가 등장하던 옛이야기를 떠올린다. 적이거나 흑이거나, 짝수이거나 홀수이거나. 누군가는 적에 걸고, 누군가는 흑에 건다. 누군가는 짝수에 걸고, 누군가는 홀수에 건다. 멀리서 웅성거리는 소리가 들려온다. 환호성을 지르는 사람이 있다. 화면 속으로 들어갈 것처럼 구부정한 자세로 앉아 버튼을 누르던 슬롯머신 앞의 사람들도 그쪽을 향해 목을 길게 늘인다. 적에 칩을 올려놓은 누군가도 그쪽을 본다. 어떤 사람이 또 어떤 사람을 올려다보며 무릎을 꿇고 앉아 있다. 청혼인가, 누군가는 생각하고, 구걸인가, 누군가는 생각한다. 누군가는 주머니 속

하나 남은 칩을 만지작거리며 천장을 올려다본다. 수백 대에 이르는, 어쩌면 수천 대에 달할지도 모를 감시 카메라들이 일시에 그를 내려다본다. 상아색 공이 굴러간다. 등산로 주변의 낮은 돌탑들처럼 쌓인 칩들 너머로 시선이 모인다. 어떤 이가 우리 앞으로 몸을 비집고 들어오고, 그러자 시큼하고 쿰쿰한 냄새가 진동하는데, 어쩌면 미래의 냄새일 것이다. 분주히 공을 따라가던 시선들이 하나의 점에 모이고, 짝수다, 빨강이다. 우리는 표정을 교환한다. 누군가가 웃고 있다. 웃는 밤, 밝은 밤, 휘황한 밤. 우는 밤, 벌거벗은 밤, 허망한 밤. 대각선으로 멀리 떨어진 테이블에서 다투는 소리가 들리고, 우리 중 가장 키가 큰 이가 그쪽을 바라보고, 나머지 우리에게 싸움이 난 것 같다고 말해준다. 도박판에서 벌어지는 싸움에 관심을 보이는 이들은 우리뿐이다. 딜러가 피로한 얼굴로 상아 공이 비켜 간 실패의 숫자들 위에 놓인 칩들을 거두어 간다. 누군가는 여전히 하나뿐인 칩을 만지작거리고, 누군가는 스무 개로 불어난 칩들을 하나씩 헤아려보고, 누군가는 긴 하품을 하며 이제 오늘을 끝낼까, 말한다. 그러나 아직은 아니다. 누군가가 시간을 확인한다. 오전 네 시를 조금 넘긴 시각이다.

환하게 내리꽂히는 조명 덕분에 모든 이들의 일거수일투족은 숨겨지지 않는다. 누군가가 실수로 미처 챙기지 못한 칩 하나를 딜러가 건네준다. 손동작 하나, 발걸음 하나도 감시되고 있다고 생각하니 외려 안심이 된다고 누군가는 생각하고, 누군가는 주사위들의 다음 합을 예상하느라 분주하다. 흡연실은 허탈한 얼굴들로 가득하다. 누군가가 담뱃불을 빌려주고, 누군가는 밭은기침을 내뱉는다. 더러운 벽, 더러운 밤. 더러운 바닥, 밤의 바닥. 화장실에서 가글 액으로 입 안을 헹구며 다섯 시가 되기 전에 여기서 나가겠다고 생각한다. 누군가가 잠시 앉을 자리 하나가 난 블랙 잭 테이블에 끼어든다. 첫 번째 카드가 나누어지고, 스페이드 킹이다. 그의 옆자리에 앉은 이가 오른손 검지와 중지로 스페이드 킹 근처를 두 번 두드린다. 뒤에 선 나머지 우리는 서로를 바라보며 고개를 끄덕인다. 딜러는 에이스를 받는다. 그러자 온 테이블이 한숨을 내쉰다. 그러나 아직은 한숨을 쉴 때가 아니다. 딜러 쪽으로 덧없이 던져진 보험들이 테이블 아래로 덧없이 굴러떨어진다. 이어 두 번째 카드가 나누어지고, 그 짧은 순간 집중하지 못한 누군가는 휴대전화를 꺼내 시간을 확인한다. 오전 네 시 이십이 분. 그가 휴대전화를 주머니에 넣자마자 스페이드의 킹 옆에 스페이드 에이스가 놓인다. 블랙 잭이다, 누군가가 어깨를 들썩인다. 그리고 뒤에 선 나머지 우리를 돌아본다. 이제 오늘을 끝낼까, 누군가가 말하고, 우리는 동시에 고개를 끄덕인다. 우리는 창구로 간다. 창구 앞에는 한 사람뿐이다. 한 노인이 분홍색 칩 하나를 직원에게 건네고 오천 원 지폐 한 장을 돌려받는다. 우리는 동시에 오천 원의 무게를 감각한다. 무게를 달지 않아도 그 중량을 느낄 수 있다. 우리 중 누군가 역시 허름한 칩들을 건네고 몇 장의 지폐를 돌려받는다. 빳빳한 신권이지만 역시 딱히 묵직하지 않을 것이다. 그때 17이 나왔을 때 말이야…… 그런데 5 다음에 6이 나왔을 때는…… 그러다 타이인 상황이 되었는데…… 무용담의 밤, 무용한 밤, 우리는 무용수들처럼 손짓하고, 환한 밤을 빠져나와 어둠의 경계로 들어선다. 경계하는 밤, 눈이 그친 밤, 잠이 쏟아지는 밤, 그러나 별은 쏟아지지 않는다. 눈구름 때문일 것이다. 우리는 드문드문 선 가로등 불빛에 의지해 오들오들 떨며 숙소를 향해 걷기 시작하고, 눈이 쓸려 나간 자리에 검은 아스팔트가 있고, 검은 돌이 흰 돌을 물리친 것처럼 보이는데, 그러다 고개를 들면 조경용 바위와 침엽수들이 있고, 주차장을 가리키는 표지판 옆으로 해고자 전원 복직이라고 적힌 플래카드가 걸려 있다. 아스팔트와 도로 경계석을 번갈아 걷던 누군가의 발이 미끄러지고, 조심해! 누군가가 외치고, 그 소리는 제법 크게 어둡고 텅 빈 밤 속으로 퍼져나가지만, 메아리는 들려오지 않는다. 우리는 원을 그리며 돌고, 춤을 추고, 노래하고, 마시고, 웃는다. 그림자가 포개지고, 하나가 되었다가, 아직은 기민함을 잃지 않은 주정뱅이의 스텝으로, 그럴듯하게, 서로에게서 풀려난다. 그 후 우리는 어깨를 나란히 붙이고 다정하게 걸어 밤을 지나 잠 속으로 천천히 들어간다.

우리는 잠에서 좀처럼 빠져나오지 못한다. 자꾸만 눈꺼풀에 갇히고 만다. 억지로 안대를 벗으면 따갑게 들이치는 햇살에 절로 눈을 뜰 거라고 생각했지만, 틀렸다. 베개에 얼굴을 파묻고 웅얼거리는 목소리로 묻는다. 일어났어? 다들 웅얼거림으로 대답한다. 신기하게도 서로 무슨 말을 하고 있는지 알아들을 수 있다. 잠꼬대와는 달리 웅얼거림은 언어적으로 교환될 수 있다. 어째서 커튼을 닫지 않고 잔 것일까? 누군가는 생각한다. 팔이, 다리가, 머리가, 목이, 허리가 마음대로 움직여지지 않는다. 어째서 낮이지? 누군가는 생각한다. 정말로 낮일까? 누군가가 생각한다. 간신히 고개를 비틀어 침대 옆 테이블에 놓인 시계를 본다. 네 시 이십이 분. 새벽일까, 아니다. 누군가가 엎드린 채 기지개를 켜고 신음한다. 우리는 천천히 몸을 되찾는다. 누군가는 속이 쓰리고, 누군가는 머리가 아프고, 누군가는 배가 고프다. 익숙하지 않게 사각거리는 시트를 젖히고 마침내 누군가가 몸을 일으킨다. 우리는 휘청거리며 전기 포트로 물을 끓이고, 벽장문에 기대어 하품하고, 화장실 앞에서 발을 동동 구르며 차례를 기다린다. 누군가는 텔레비전을 켜고, 누군가는 휴대전화로 메일을 확인하고, 누군가는 탁자에 비치된 팸플릿을 펼친다. 우리는 낮이 익숙하지 않다. 우리는 어쩌다 시선이 마주칠 때마다 낮에 보는 서로의 얼굴이 낯설다고 생각한다. 낮과 낮, 낱낱, 낫, 낟, 누군가가 소리 내지 않고 일련의 낮 혹은 낮들을 발음해보고, 누군가는 팸플릿에서 생존 수영 강습이라는 문구를 찾아내고, 누군가는 신속하게 수경이나 수모를 대여할 수 있는지 전화를 걸어 문의한다. 우리는 커피를 마시고 전날

먹다 남은 빵과 과자로 허기를 해결한다. 우리는 오늘 입장하고 퇴장할까? 혹은, 퇴장하고 입장할까? 우리는 이를 닦고 세수하며 이처럼 일상적인 행위들이 어딜 가더라도 반복된다는 사실에 새삼 감탄한다. 맥주 캔들이 치워지고 재떨이가 비워진다. 우리는 입장할 수 있지만 퇴장될 것이다. 혹은 퇴장당하거나. 어디서? 어디서든. 우리는 수영장으로 내려간다. 수영장 로비는 한산하다. 말쑥하게 차려입은 직원이 여섯 시에 퇴장해야 한다는 것을 알려준다. 우리는 고개를 끄덕인다. 삼십분 이상 수영할 체력이 없을 것이다, 어차피. 누군가가 생존수영을 배울 수 있는지 묻고, 직원에게서 이미 강습이 끝났다는 대답을 듣는다. 우리는 아쉽다. 우리는 수영하고 싶고, 생존하고 싶다. 누군가가 오늘도 눈이 내렸는지 묻고, 직원은 의아한 표정으로 그렇다고 대답한다. 우리는 로비 한구석에 마련된 상점에서 수영복과 수경과 수모를 산다. 누군가는 망설이고 누군가는 오늘 밤의 확률을 부풀리고 누군가는 억지로 아무것도 생각하지 않으려고 애쓰면서 카드를 내민다. 수모를 사다니, 누군가가 말하고 누군가는 웃지만 누군가는 이해하지 못한다. 탕진하는 밤이 오기도 전에 우리는 이미 탕진한다. 우리는 아무도 없는 탈의실을 지나 수영장으로 들어선다. 4인 가족이 물장구를 치고 있다. 누군가는 제법 능숙하게 팔을 놀리는 아이를 유심히 관찰하고, 누군가는 애초에 도박장에 딸린 수영장이란 건전한 여행지라는 인상을 주기 위한 시설일 수밖에 없다고 생각하고, 누군가는 생각 없이 곧장 물속으로 뛰어든다. 첨벙, 하는 소리가 난다. 물속이 예상보다 따뜻해서 우리는 조금 놀란다. 저물어가는 햇빛이 수영장 안으로 들어오고 있다. 사선으로. 우리는 가라앉고, 떠오르고, 앞으로 나아가고, 물속에서 공중제비를 돈다. 헤엄친다기보다는 허우적거리는 것에 가깝다. 몸에 힘을 빼고 앞으로 나가봐, 누군가가 말한다. 고개를 물에 넣을 때 입을 꼭 다물지 않아도 돼, 누군가가 말한다. 팔을 젖힐 때 허리가 흔들리지 않도록 해, 누군가가 말한다. 유리 벽 너머 폐쇄된 정원에 눈이 쌓여 있다. 우리는 팔을 돌리고 젖힐 때마다 수면 위로 괴롭게 떠오르고, 쌓인 눈을 보지 않는다. 두 팔을 모아 앞으로 길게 뻗고 어깨에 들어간 힘을 뺄 때, 타일과 타일 사이의 간격이 선명하게 관찰된다는 것에 흥분하면서, 서둘러 가쁜 숨을 내쉬면서 수면 위로 올라올 때, 건너편 레인에서 자꾸만 사선으로 비스듬히 나아가는 이의 모습을 보고 웃으면서, 배영으로 헤엄치면서 천장에 매달린 깃발 장식의 개수를 헤아릴 때, 헤엄치는 밤, 이윽고 밤이고, 어느덧 밤이고, 이른 밤이다. 우리는 레인 끝에서 입 안의 물을 뱉고, 안전선 밑으로 억지로 머리를 밀어 넣고, 수모 아래로 삐져나온 머리카락을 집어넣는다. 우리 중 누구도 한 번에 레인 끝까지 헤엄치는 이는 없다. 어설픈 자유형을 시도하다 바닥에 발이 닿는 것을 느끼고 안도하며 숨을 내쉰다. 생존 수영을 배워야 했는데, 누군가가 말한다. 좀 더 일찍 일어났어야 했어, 누군가가 대답한다. 누군가는 생존과 수영 중 무엇을 먼저 배울 수 있는지 생각한다. 우리는 4인 가족이 두고 간 튜브들을 하나씩 차지하고 수면 위를 둥둥 떠다닌다. 그리고 완전히 어두워진 창밖 하늘을 바라보며 안심한다. 밤, 그림자가 지워지는 밤, 밤, 춘몽이 시작되는 밤, 밤, 차가워졌던 혈관이 다시 따뜻해지는 밤, 헤엄치는 밤, 헤엄치던 밤. 우리는 유아용 풀에서 술래잡기를 한다. 그러나 여섯 시가 되기만을 초조하게 기다리는 듯한 안전 요원들에게 제지당한다. 우리는 수영장에서 나온다. 방으로 돌아가기 전 눈을 밟겠다고 젖은 머리로 거대한 건물

을 나섰다가 차가운 바람에 얼얼해져 발을 돌릴 때, 누군가
는 무심코 간밤의—그러나 낮이었다—꿈을 떠올린다. 강이
있고 강 건너편이 있었지, 강물이 있고 사람들이 있었어. 갈
색 개들과 갈색 옷을 입은 사람들이 있었고, 하얀 개들과 하
얀 옷을 입은 사람들이 있었지. 검정 개들 옆에는 검정 옷을
입은 사람들이 있었다. 그리고…… 나는 파란 옷을 입고 있
었는데 내 곁에는 파란 개가 없었지…… 우리는 회전문이 돌
아갈 때마다 들어오고 나가는 사람들을 본다. 눈송이 한두
점을 어깨에 묻힌 사람들이 들어올 때마다 휘황한 대리석 바
닥에 얼룩이 생기고, 하늘색 유니폼을 입은 노동자가 면적이
넓은 걸레로 빠르게 그것을 닦아낸다. 마지막 밤이다. 돌아가
는 밤이다. 얼어붙은 밤이다. 그러나 우리는 아무도 눈이 내리
고 언 도로를 생각하지 않는다. 미끄러운 밤, 위험한 밤, 도로
위의 밤. 우리는 몸을 말리고 옷을 갈아입기 위해 일단 방으
로 가기로 한다. 유리 승강기 앞에서 카드 키를 찾는다. 우리
중 누구도 그것을 갖고 있지 않다. 대리석 바닥에 물을 뚝뚝
흘리면서 우리는 어깨를 늘어뜨린다. 물속에서 숨을 참는 법
을 익히려면 멀었지만, 어깨에 힘을 빼는 방법은 이미 잘 알고

있다. 가위와 바위와 보가 여러 번 충돌하고, 결국 바위를 냈다가 또 바위를 내서 진 누군가가 안내 데스크로 가서 상황을 설명하는 역할을 맡는다. 나머지 우리는 유리 승강기 앞에서 물을 뚝뚝 흘리며 미안해한다. 그냥 돌아갈까, 누군가가 생각한다. 그냥 돌아갈까, 누군가가 묻는다. 올라가는 승강기 안에서 우리는 잠시 말이 없다. 올라가는 도중, 8층에서 승강기가 멈추고 문이 열린다. 아무도 없다. 우리는 복잡한 문양의 카펫이 깔린 8층 바닥을 내다보며 다음 행마를 고민한다. 우리에게 남은 칩을 모두 합하면 열두 개다. 우리는 웃는다. 신에게는 열두 척의 배가 남아 있습니다, 라는 말도 있잖아? 누군가가 말하고, 누군가가 피식 웃으며 대꾸한다. 그렇게 말한 사람도 결국 죽었잖아? 말끝을 올렸지만 질문하는 것이 아니다. 우리는 웃지 않는다. 방에서 머리를 말리고, 남은 맥주 캔을 비우고, 텔레비전을 켜고 하릴없이 채널을 돌린다. 우리는 잠시 휴식하는 것처럼 보이지만 실은 저마다 머릿속으로 같은 생각을 하고 있을 것이다. 움직이기 전까지 누군가는 깜박 잠들고, 누군가는 조용히 눈 내리는 창밖과 소리를 줄인 텔레비전을 번갈아 바라보고, 누군가는 벌써 기억에서 사

라지기 시작한 전날의 꿈을 떠올리려고 노력하고 있을 것이
다. 그 꿈에는 강이 있고 비행장이 있고 어느 다국적 화물 운
송 업체의 화물기가 이륙하자마자 강에 추락했을 것이다. 강
물이 범람해 이편도 침수되기 직전에 다음 꿈이 시작되었을
것이다. 그 꿈에서 누군가가 이렇게 말했을 것이다. 거기 가면
비로소 우듬지라는 단어를 이해하게 될 거야,라고.

　우리는 잠들지 않는다. 차는 어둠을 뚫고 달린다기보다는
한없이 어둠을 밀어낸다. 천천히 달리고 있기 때문이고, 어둠
이 어둡지 않기 때문이다. 도로 양옆으로 눈이 치워져 있다.
지금 눈은 내리지 않고 있는데, 언제고 폭설이 쏟아져도 이상
하지 않을 하늘이다. 우리는 운전석과 조수석, 뒷좌석에 앉아
있다. 누군가는 안전벨트를 매는 것을 깜박했는데, 이는 어떤
징조나 복선으로 활용되지 않을 것이다. 우리는 열두 개의 칩
을 모두 잃게 된 과정을 저마다 다르게 기억한다. 누군가의 기
억 속에서 열두 개는 스물네 개로 불어난다. 누군가의 기억
속에서 열두 개는 빠르게 스무 개가 되었다가, 다시 두 개가
되었다가, 이내 하나도 남지 않게 된다. 누군가의 기억 속에서

열두 개는 하나씩 하나씩 일정한 간격으로 사라진다. 우리는 말없이 전방을 바라본다. 다시 눈이 올 것인가? 아직 눈이 내리지 않는 밤은 곧 눈 내리는 밤이 될 것인가? 우리는 숙박업소가 몰려 있어 휘황한 지역을 벗어나 이내 고속도로에 진입한다. 밤이다. 어둠이다. 우리는 어둠에 잠긴 이차선 도로를 달리는 자동차 소음을 듣는다. 다른 차 한 대가 우리를 전속력으로 추월하고, 우리는 차가 옆으로 슬쩍 밀리는 듯한 기분을 느낀다. 누군가가 음악을 요구하고, 누군가가 어떤 음악을 틀 것인가를 두고 잠시 고민한다. 마침내 재생되는 음악의 도입부는 휘파람 소리, 풀벌레 소리, 개구리 소리, 새 소리, 피리 소리, 입을 빈 병 입구에 가까이 대고 바람을 불 때 나는 소리, 종잇조각이 구겨지는 소리, 사탕 포장지를 벗길 때 나는 소리, 실바람에 나뭇잎들이 흔들리는 소리, 눈 내리는 소리가 섬세하게 뒤섞인 소리로 채워져 있다. 둔중한 베이스 라인이 이어지고, 그 후 들리는 것은 우리는 모르는 언어로 노래하는 사람의 목소리다. 밤과 음악이 뒤섞이고, 우리는 음악을 듣는다. 우리는 졸리지 않다. 밤은 우리의 시간이다. 우리는 해가 뜨기 전에 도착할 것이다. 밤과 일상이 교대할 때 우리는 다시 잠들 것이다. 누군가는 음악을 들으며 명상하듯 차창 밖을 내다보고, 가느다란 눈발이 날리기 시작하면, 순간 아무도 음악을 듣고 있지 않을 것이다. 그러다 다시 음악이 귀에 들어오기 시작하면, 누군가는 발로 박자를 맞추며 좌절된 희망을 구도자의 자세로 복기할 것이다. 좌절된 희망은 희망이라 부를 수 없을 것이다. 와이퍼가 눈을 밀어내고, 우리는 어둠을 밀어내지만, 실은 어둠이 우리를 밀어내고 있을 것이다. 천천히 그러나 빠르게, 우리는 어둠이 내보이지 않는 산과 언덕을, 강과 개천을, 교회 십자가들과 잠든 마을과 잠든 이들의 꿈을 지나친다. 어젯밤, 어젯밤에는 무슨 일이 있었지? 교량처럼 연결된 밤과 밤 사이에는 무슨 일이 있었지? 우리는 밤과 함께 흘러간다. 직선 도로에서 무심코 속도를 높이다 내비게이션이 음악을 뚫고 알려주는 제한속도에 맞추어 섬세하게 브레이크를 밟는다. 누군가가 어깨를 들썩이고, 누군가가 농담하고, 우리는 웃는다. 음악이 바뀌고, 차 안에 정교하게 쪼갠 비트가 실리고, 우리는 눈 오는 밤, 음악 듣는 밤, 차를 달리는 밤, 차가운 밤을 지나며 헤엄치던 밤을 생각한다. 우리는 결빙 구간에서 주의를 기울이고, 한글 지명 옆에

병기된 한자들을 읽어보려다 포기하고, 수영할 때, 자유형을 시도할 때, 먼저 뻗은 팔이 왼쪽이었는지 오른쪽이었는지 생각한다. 가라앉으려고 하면 떠오르고, 떠 있으려고 하면 가라앉았지, 누군가는 생각한다. 수경을 쓰지 않고 물에 들어갔더니 아무것도 보이지 않았다. 왜지? 누군가가 묻고, 대답은 없다. 결국 생존 수영을 배우지 못한 게 어떤 의미를 갖는 건 아니겠지, 누군가가 말하고, 아니라는 대답이 이어진다. 수영은 잘하지 못하지만, 그래도, 물속에 있는 기분이 나쁘지 않았다. 지금처럼, 그래, 지금처럼. 어둠 속을 헤엄치고 있는 지금처럼. 대설과 강설과 폭설 사이에는 어떤 차이가 있지? 누군가가 묻고, 대답은 이어지지 않는다.

그리고 우리는 어둠 속에서 눈을 뜨지 않는다. 무슨 일이 있었지? 우리를 봐, 그러나 보이지 않는다. 하나씩, 한 눈씩, 한 사람씩, 눈을 떠야 하는데. 무슨 일이 있었지? 어쩌면, 아마도, 이미 눈을 떴지만 어둠이 진해서, 보이는 것이 어둠뿐이어서, 아무것도 보이지 않아서, 눈을 뜨지 않았다고 생각하는지도 모른다. 우리는 중얼거려보고, 웅얼거려보고, 신음을 뱉

'어보지만, 우리가 내는 소리는 서로에게 들리지 않는다. 밤이야? 밤이다. 우리가 내는 소리는 들리지 않지만, 그 대신 온갖 밤의 소리들이 몰려온다. 음악은 없지만, 발 없는 것들의 소리, 혹은, 발이 너무 많은 것들의 소리. 바람 소리, 눈 쌓이는 소리, 겁먹은 짐승이 몸을 숨기는 소리. 우리는 억지로 몸을 움직이려고, 뒤척이려고, 존재를 서로에게 알리려고 안간힘을 쓴다. 우리는 어둠 속에서 고개를 흔들려고, 목을 이쪽저쪽으로 늘이려고, 기지개를 켜려고, 눈을 크게 감았다 뜨려고, 그래서 아직 우리에게 신체가 의미 있음을, 우리가 여전히 존재함을 서로에게 증명하려고 노력한다. 그러나 밤의 소리들이 우리를 압도한다. 자동차 바퀴가 미끄러운 지면과 마찰하는 소리, 날카로운, 멀어지는 비명 소리, 날카롭지만 부드러운, 왜인지 그립기도 한, 고양이 울음소리, 작고 투명한, 소리만으로도 그 존재를 그릴 수 있는, 그리고 머나먼 앰뷸런스 소리, 점차 가까워진다. 우리는 전력을 다해 눈을 크게 감았다 뜨는데, 마침내 그 하찮은 일에 성공하는데, 안개가 있어? 아니다. 눈이 내려? 그래, 눈이 오고 있다. 우리는 죽었던 것일까? 그러니까 그때. 우리가 죽었다고 생각했을 때. 그게 언제였지?

말해지지 않았던 모든 순간들마다 무심코, 우리도 모르게, 삶을 필사적으로 유의미한 것으로 만들어야 했을 때, 그러니까 모든 순간들마다. 눈앞에 고양이가 있다. 우리는 고양이를 본다. 마침내 우리는 고양이를 볼 수 있고, 그러자 서로를 볼 수 있다. 팔을 뻗을 수 있는 거야? 누군가가 생각하고, 누군가가 팔을 뻗는다. 그러자 팔은 더는 팔이 아니게 된다. 그러나 우리는 없는 팔을 뻗을 수 있다. 우리의 팔을 남겨둔 채로. 얼굴에 갈색 반점이 있는 흰색 고양이가 팔 하나 뻗으면 닿을 거리에서 우리를 바라보고 있다. 아기 고양이다. 우리는 없는 눈으로 고양이를 본다. 그리고 우리의 없는 팔이 고양이를 향할 때, 고양이는 여전히, 탐색하듯 우리를 바라본다. 우리를? 우리는 없는 팔을 자꾸만 앞으로 뻗고, 우리는 팔에 이끌려 앞으로 나아가는데, 우리는 없다. 이미. 소리, 소리들. 이런 눈을 두고 폭설이라 하는 것일까, 누군가가 생각하고, 눈송이는 우리를 통과해 차 위로, 도로 위로, 기이하게 포개진 우리의 신체 위로, 운전대에 처박힌 누군가의 등 위로, 담배 없이 차창 밖으로 내민 누군가의 손 위로, 위로하듯, 떨어진다. 그제야 우리는 우리가 이미 각자의 신체와 멀어지고 있음을 안다. 멀었던 앰뷸런스 소리가 점차 가까워지는 것처럼 들리는데, 착각일까, 아닐 것이다. 불가해한 형상처럼 뒤엉킨 우리를, 우리는 한 번도 가능하지 않았던 방식으로 볼 수 있다. 어쩐지 웃음이 나기도 하는데, 누군가는 웃고, 누군가는 아직 웃음이 가능하다는 것에 조금 놀란다. 앰뷸런스 소리가 가까워진다. 고양이는 여전히 우리를 바라보고 있다. 우리는 쾌락에 가까운 해방감을 느끼며 우리의 신체에서 영원히 멀어질 것이다. 우리는 그것을 안다. 우리는 움직이지 않고도 전복된 차 위를 휘돌 수 있는데, 차창으로 삐져나온 누군가의 팔을 동시에 보고, 그것의 주인을 식별할 필요가 사라졌다고, 그러므로 우리는 여전히 우리일 수 있다고, 동시에 생각한다. 그런데 참 이상하기도 하지, 우리의 무게가 턱없이 가벼워진 까닭에, 이제는 애써 움직이려고 하지 않아도, 우리는 자꾸만, 자꾸만 위로 올라가게 된다. 눈송이는 여전히 우리 몸을 통과해 사선으로 떨어지고, 우리를 들이받았을 트럭 운전자가 멍하니 우리를 응시하지만, 실은 그는 아무것도 보고 있지 않을 것이다. 우리는 우리의 사고 현장을 경악한 표정으로 바라보면서도 속도를 늦출 수 없어 그대로 직진하는 운전자를 본다. 우리도 한때 그런 표정을 지은 적이 있다. 그랬을 것이다. 무슨 일이 있었지? 이제 과거는 아무것도 아니다. 눈이 내려? 응, 눈이 내려. 고양이가 있어? 그래. 고양이가 있다. 우리의 최종 목적지는…… 이곳이 아니었지만, 이곳이 되었다. 우리는 천천히 서로의 없는 존재를 확인하는데, 누군가가 나머지 우리에게 무언가를 호소한다. 오, 앙, 이. 오, 앙, 이. 우리는 이제 소리 내어 말할 수 없게 된 것 같다. 괜찮아, 괜찮아. 우리는 누군가의 입술이 벌어지고 닫히는 모양으로 오, 앙, 이가 실은 고, 양, 이라는 것을 깨닫는다. 고양이의 이름은 고양이. 앰뷸런스가 도착하고, 트럭 운전자는 여전히 표정 없이 우리를 응시하는데, 어쩌면 그도 드디어 신체의 속박에서 풀려났는지도 모른다. 우리는 마지막으로, 사력을 다해, 어불성설이지만, 사력을 다해 누군가를 다시, 원래의 몸으로, 그가 본디 지니고 있던 몸으로, 밀어 넣는다. 지킬 수 있어, 지킬 수 있다면 지켜야 해. 우리는 누군가를 원래 몸으로 밀어 넣으며 마치 흘러넘친 물을 주워 담는 것 같다고 생각하고, 그 우스꽝스러움에 잠시 웃는다. 우리가 아직도 웃을 수 있다니, 놀라운 일이다. 앰뷸런스에서 제복 차림의 사람들이 우르르 내리고, 이제 막 신체를 되찾기 시작한 이에게로 달려간다. 우리의 언어는 이제 달라질 것이다. 우리는 이제 다시는 대화할 수 없을 것이다. 우리는 이제 우리가 아니게 될 것이다. 그러나 슬픔은 없다. 구급대원들이 상태를 살핀다. 너와 나는 허공에서 저마다 한 번씩 발을 구르고, 그러자 마지막까지 가느다란 실 따위에 묶여 있던 것처럼 구속되어 있던 중력에서 벗어난다. 그의 팔이 경련하고, 아니, 경련하는 것처럼 보이지만, 그건 너와 나에게 괜찮다는 신호를 보내고 있는 것인지도 모른다. 너와 나는 맑은 눈빛을 교환하고, 여전히 그의 곁에서, 그를 바라보는 고양이를 내려다보고, 서서히 물에 녹듯 사라지기 시작하는데, 사라지기 시작하므로, 이제는 논리와 슬픔이 없다. 오로지 밤이다. 헤엄치는 밤, 영원히 헤엄치는 밤이다.

2019년 여름

석희와 상원에게

들어본 이야기

초판 1쇄 발행 2020년 11월 6일

지은이 구병모 권여선 듀나 박솔뫼 한유주
펴낸이 강일우
본부장 윤동희
책임편집 이하나 김미라
디자인 장미혜

펴낸곳 ㈜미디어창비
등록 2009년 5월 14일
주소 04004 서울 마포구 월드컵로12길 7 창비서교빌딩
전화 02) 6949-0966 팩시밀리 0505-995-4000
홈페이지 books.mediachangbi.com
전자우편 mcb@changbi.com